Eine Leiche auf dem Golfplatz

Ein Oberstdorf-Krimi

Mein Name ist Bruno Küpper

Ich bin 1955 in Brühl/Rheinland geboren.

Seit meiner Kindheit war ich fast jedes Jahr in den Alpen, in den letzten Jahren vorwiegend in Oberstdorf.

Als Hauptschauplatz für 'Eine Leiche auf dem Golfplatz' habe ich deshalb Oberstdorf gewählt.

Personen und Handlung sind frei erfunden.
Die Lokalitäten nicht alle.

Viel Freude beim Lesen!

Bruno Küpper

Eine Leiche
auf dem Golfplatz

Ein Oberstdorf-Krimi

1.Auflage

Bibliografische Information der Deutschen Nationalbibliothek:
Die Deutsche Nationalbibliothek verzeichnet diese Publikation in der Deutschen Nationalbibliografie; detaillierte bibliografische Daten sind im Internet über http://dnb.d-nb.de abrufbar.

© 2024 Bruno Küpper
Coverdesign: Christian Sperber
Bildquelle: Eigene Aufnahme des Autors
Kontakt: info@brunokuepper.de

Herstellung und Verlag:
BoD – Books on Demand, Norderstedt

ISBN: 9783758332029

1

Lisa war die jüngere der beiden Töchter von Wolfgang und Traudel Hinteregger.

Ihr Vater arbeitete bei der Dienststelle Immenstadt des Finanzamts Kempten-Immenstadt. Ihre Mutter hatte Einzelhandelskauffrau gelernt, war aber aus dem Job ausgestiegen, als die erste Tochter Laura das Licht der Welt erblickte. Nachdem zwei Jahre später die zweite Tochter Lisa dazu kam, war sie nicht wieder in ihren Beruf eingestiegen, sondern hatte sich um den Haushalt und die Kinder gekümmert. Inzwischen waren die Töchter erwachsen und Traudel arbeitete stundenweise in einem Discountermarkt.

Seitdem Laura mit ihrem Freund um die Ecke in der Färberstraße wohnte, lebte Lisa mit ihren Eltern alleine in der Wohnung in der Trettachstraße.

Lisa hatte die Schule gut gemeistert und sie mit knapp 19 Jahren mit dem Abitur abgeschlossen.

Während der Schulzeit hatte ihre Klassenlehrerin dafür gesorgt, dass die Schüler und Schülerinnen immer wieder bei ortsansässigen Firmen, aber auch bei öffentlichen Einrichtungen hospitieren durften.

Dabei war Lisa auch für einen Tag bei der Polizeiinspektion Oberstdorf gewesen. Sie hatte die Tätigkeit dort interessant gefunden und sich deshalb früh entschieden, Polizistin in Oberstdorf zu werden. Weil sie körperlich topfit war und mit ihrer Körpergröße von 1,75 m die Mindestgröße deutlich übertraf, stand einer Karriere bei der Polizei nichts im Wege.

Lisa hatte sich in den letzten Schuljahren mächtig ins Zeug gelegt. Ein gutes Abiturzeugnis war der verdiente Lohn. Auch beim Studium in Fürstenfeldbruck konnte sie glänzen.

Als sie das Studium erfolgreich abgeschlossen hatte, standen ihr mehrere Möglichkeiten offen, aber ihren Berufswunsch hatte sie nicht fallen lassen und sich früh für den Einsatz bei der PI[1] in ihrer Heimatgemeinde beworben. Sie hatte großes Glück, denn es war eine Stelle frei, weil der langjährige Leiter kurz zuvor in den Ruhestand gegangen war. Er hatte von Lisas Bewerbung erfahren und fand es gut, dass eine junge Frau aus dem Ort zu ihnen stoßen wollte. Deshalb hatte er mit dem Präsidium eine Abmachung getroffen: Ein anderer Absolvent, der ein halbes Jahr vor Lisa seine Ausbildung abgeschlossen hatte, dessen Wunschstelle in Füssen aber noch nicht frei war, hatte die Stelle vorübergehend bekommen. Er war dann wie vereinbart nach Füssen gewechselt, als Lisa so weit war.

So konnte Lisa am 1.September ihre Probezeit in Oberstdorf als Kommissaranwärterin beginnen.

Die Kollegen hatten sie sehr freundlich aufgenommen und sie war auch mit allen beim freundschaftlichen Du angekommen.

Walter Wirtz, einer der älteren Kollegen, hatte die Aufgabe übernommen, Lisa einzuarbeiten. Walter war zwar nicht mehr der Jüngste, aber er und Lisa kamen gut miteinander zurecht.

---

[1] Polizeiinspektion

In der ersten Woche waren sie täglich Streife gegangen. Es war für Lisa schon etwas Besonderes, in Uniform durch Oberstdorf zu gehen.

Nun war Montag und die zweite Arbeitswoche hatte begonnen. Walter und Lisa saßen jetzt überwiegend auf der Wache und kümmerten sich um eingehende Anrufe. Persönlich zur Wache kam selten jemand mit seinem Anliegen.

Den Vormittag über war es sehr ruhig gewesen.

Es war kurz nach Mittag, als das Telefon klingelte.

Für Lisa war es selbstverständlich, dass sie mit vollen Einsatz zur Sache ging. Deshalb war sie zuerst am Apparat.

„Polizeiinspektion Oberstdorf, mein Name ist Lisa Hinteregger. Was kann ich für Sie tun?"

Walter schmunzelte und hob anerkennend den Daumen.

Lisa hatte sich einen Zettel genommen und während des Gesprächs einige Notizen gemacht.

Als das Telefonat beendet war, fragte Walter sie:

„War es etwas dringliches?"

Lisa schüttelte den Kopf.

„Vermutlich nicht. Es war eine Frau Huber hier aus Oberstdorf, die ihren Mann als vermisst gemeldet hat."

„Huber gibt's hier mehrere. Welche Frau Huber war es denn?"

Lisa schaute auf ihre Notiz:

„Bettina Huber, wohnhaft Alte Walserstraße 12. Das ist doch im Hang unterhalb von Reute und der B19."

„Richtig", sagte Walter. „Es ist doch gut, wenn man Kollegen mit Ortskenntnissen hat. Seit wann vermisst sie ihren Mann denn?"

„Sie sagte, dass sie am Wochenende mit Freundinnen auf einer Bergwanderung war und damit gerechnet hat, dass ihr Mann zu Hause wäre, als sie heute Mittag heimkam. Aber er war nicht da."

„Na ja, ich würde an ihrer Stelle erst einmal schauen, wo er ist, bevor ich die Polizei anrufe. Du nicht?"

„Das hat sie auch gemacht. Aber es ist folgendermaßen: Ihr Mann wollte am Samstagnachmittag mit einem Bekannten auf den Golfplatz gehen, um eine Runde zu spielen. Sein Rucksack mit den Sachen, die er von zuhause aus immer mitnimmt, ist aber nicht da, wo er ihn ablegt, wenn er wieder nach Hause kommt. Sie hat sich im Haus umgeschaut und meint, es sähe so aus, als wäre er in der Zwischenzeit gar nicht da gewesen."

„Hat man ihn denn nicht schon an seiner Arbeitsstelle vermisst?"

„Nein. Er ist selbständig und betreibt von zuhause aus einen Onlinehandel. Aber seine Frau sagte, dass er noch nicht einmal seinen PC hochgefahren hat."

„O.K. Dann würde ich mir auch Sorgen machen, es sei denn, er wäre des Öfteren länger weg. Es sieht doch so aus, als müssten wir eine Vermisstenanzeige aufnehmen. Aber warte ruhig noch ein wenig; vielleicht taucht er ja bald wieder auf."

Es war wieder ruhig.
Verdächtig ruhig.

Dann klingelte das Telefon wieder.

„Bestimmt die Huber, die uns sagen will, dass ihr Mann wieder da ist", sagte Walter und nahm das Gespräch an.

Er kam gar nicht dazu, die Standardansage zu machen, denn der Gesprächspartner am anderen Ende der Leitung legte sofort los.

Er schien ohne Punkt und Komma zu reden, denn Walter kam gar nicht zu Wort.

Er hörte gebannt zu und sagte dann:

„Eine Leiche bei euch auf dem Golfplatz? Wir kommen sofort rüber. Lasst alles unberührt und wartet, bis wir kommen!"

Zu Lisa sagte er: „Ich muss kurz mit dem Chef sprechen", ging zum neuen Inspektionsleiter Fingerhut und sprach mit ihm.

Als er zurückkam, sagte er zu Lisa:

„Der Chef hat in Kempten anrufen und sie haben angeordnet, dass wir den Fundort sichern, bis ihre Spezialisten kommen. Uns traut man die Aufklärung solcher Fälle nicht zu."

„Wieso das denn?", fragte Lisa erstaunt.

„Das ist schwer zu verstehen. Es ist so: Die haben im Präsidium einen Zahlenfreak, der festgestellt hat, dass unsere Aufklärungsquote bei den Kapitalverbrechen sehr schlecht ist. Deshalb müssen wir sie immer sofort informieren, wenn etwas passiert ist und mit ihnen absprechen, was wir tun."

„Wieso ist denn die Quote bei uns niedrig?", fragte Lisa.

„Ich erkläre es dir unterwegs. Komm mit. Ich sag' den Anderen Bescheid, dann fahren wir sofort zum Golfplatz und lassen niemand an den Leichenfundort heran, bis die Spurensicherung und ein 'Fachmann' aus Kempten da sind."

Auf der Fahrt wollte Lisa genaueres zu der Quote wissen, von der Walter gesprochen hatte. Er erklärte es ihr:

„Unsere Quote ist eigentlich gar nicht so schlecht. Es soll in der Eifel ein Dorf namens Hängasch[2] geben, am 'Arsch der Welt' sozusagen, wo mindestens einmal im Monat einer umgebracht wird. Da fällt's nicht so ins Gewicht, wenn mal ein Fall nicht aufgeklärt wird. Bei uns ist das anders. Wir hatten seit 2020 ganze zwei Fälle von 'Straftaten gegen das Leben', wie das in der Statistik genannt wird, von denen aber nur einer aufgeklärt wurde."

„Also eine Quote von 50 %. Aber kann man das einfach so rechnen?"

Walter schüttelte den Kopf.

„Ich sehe das auch anders. Bei kleinen Zahlen spielt der Zufall eine viel zu große Rolle. Aber wenn die in Kempten das so sehen - da machst du nichts dran."

„Na ja", sagte Lisa, „Mathe ist nicht jedermanns Sache. Aber wenn man Statistiken aufstellt, sollte man doch wissen, auf was man alles achten muss. Kaum zu glauben!"

„Lass uns darüber nicht den Kopf zerbrechen", sagte Walter. „Wir haben in ganz Bayern eine Aufklärungsquote von über 90% bei den Straftaten gegen das Leben. Hier bei uns sind es aber nur 50%, wie ich dir eben sagte. Das kann doch nur an uns liegen, oder?"

Lisa schüttelte den Kopf.

„Wie sagt man: Glaub' keiner Statistik, die du nicht selber gefälscht hast."

_____

[2] 'Schmunzel-Krimi'-Reihe „Mord mit Aussicht"

Walter war über die Prinzenstraße in Richtung Süden gefahren. Inzwischen hatten sie das Stillachtal verlassen und fuhren auf dem Burgstallsteig über die Anhöhe in Richtung Trettachtal.

„Das sagt man über Statistiken oft", sagte Walter, „aber so einfach ist es nicht. Mein Mathelehrer auf dem Gymnasium hatte beim Studium Statistik als einen Schwerpunkt und hat uns genau erklärt, wie man sinnvoll mit Statistiken arbeitet. Du kannst damit in Wirklichkeit viele gute Dinge machen, aber das klappt nur, wenn du ein paar Grundregeln berücksichtigst. Genau davon hat dieser Zahlenfreak in Kempten aber wohl noch nie gehört."

Dann waren sie am Ziel.

Walter bog vom Burgstallsteig in die Zufahrt zum Golfplatz ab und fuhr direkt durch bis zum Clubhaus. Dort wartete schon Sepp Brüll, eines der Vorstandsmitglieder, mit einem anderen Mann auf sie.

Brüll sagte erst einmal nur „Hallo", während der andere sofort das Wort ergriff:

„Ich bin Peter Singerle, Arzt in der Klinik hier in Oberstdorf. Am Sonntag war das Wetter zu schlecht, um zu spielen. Ich habe heute Spätdienst, und deshalb habe ich mich für heute Mittag mit Sepp zu einer Runde getroffen. Als wir von der Sechs auf die Sieben rübergegangen sind, fielen uns Reifenspuren auf. Es sieht aus, als wäre jemand mit dem Auto über den Platz gefahren. Sepp sagte direkt, dass die Spuren nicht von einem der Carts vom Golfclub stammen können; die würden anders aussehen. Die Spuren hören nach ungefähr hundert Metern auf. Ich bin an der Stelle ein paar Schritte in die Büsche in Richtung der Trettach gegangen. Als ich da war, wo die Böschung anfängt, sah ich weiter unten etwas liegen. Ich bin hingegangen und sah, dass es der Anton Huber war. Ich wollte schauen, was mit ihm los ist, und fühlte gleich, dass er schon kalt ist. Deshalb haben wir es uns gespart, den Notarzt zu rufen."

Er war sichtlich aufgeregt und hatte am Stück geredet, fast ohne Luft zu holen. Jetzt konnte sich Lisa denken, warum Walter bei dem Telefonat kaum zu Wort gekommen war. Der Anrufer war sicher Singerle gewesen.

Währenddessen waren sie zusammen vom Clubhaus zu der Stelle gegangen, wo man die Leiche gefunden hatte. Dabei waren sie über die Bahnen fünf und sechs gegangen und dann zurück über die Bahn sieben, weil sie sonst eine Böschung hinunter gemusst hätten, die nach dem Regen am Wochenende noch sehr rutschig war.

„Wir haben ihn genauso liegen lassen, wie wir ihn gefunden haben", sagte Brüll. „Ich bin sofort zum Clubhaus gegangen und habe den Platz hier sperren lassen. Peter hat euch währenddessen angerufen."

Lisas Vermutung hatte sich bestätigt.

„Das war richtig so", sagte Walter. „Und ihr seid sicher, dass es der Huber ist?"

„Hundertprozent sicher."

„Sollen wir uns den Fundort schon mal ansehen?", fragte Lisa, weil von der Anlage aus nichts zu sehen war.

„Lieber nicht. Wir sollten hier vorne warten, bis die Spurensicherung kommt, auch wenn schon einer am Fundort war und Spuren hinterlassen hat", sagte Walter. „Je weniger Spuren, desto besser."

Lisa hatte gesehen, dass hinter dem sechsten Grün und dem Abschlag der Bahn 7 ein Weg vorbeiführte, wo der Zugang zum Golfplatz nur mit einem Flatterband abgesperrt war.

Sie zeigte auf die Stelle und sagte:

„Ist es da für Spaziergänger, die auf dem Weg vorbeikommen, nicht gefährlich?", fragte sie Brüll.

Der schüttelte den Kopf.

„Man müsste schon ein Stück weit in die Anlage reingehen, um von einem Ball getroffen zu werden. Und wer das große Schild 'Lebensgefahr' einfach ignoriert und trotzdem reinläuft, ist es selber schuld, wenn er einen Ball abbekommt. Außerdem ist die Bahn 6, über die wir hierher gegangen sind, ganz kurz. Da schlägt man den Ball sowieso sehr vorsichtig, damit er nicht bis hinters Grün fliegt. Solange ich im Club bin, ist hier noch nie etwas passiert."

„Was passiert dann im schlimmsten Fall, wenn einen ein Ball trifft?", wollte Lisa wissen.

„Wenn man einen sehr weiten Abschlag hinbekommt, sind es über 200, bei Top-Golfern sogar über 300 Meter, die der Ball fliegt. Dann tut ein Treffer schon heftig weh, und ein Treffer am Kopf könnte sogar tödlich sein. Aber dafür müsste man nah am Abschlag stehen. In der Luft wird der Ball immer langsamer und mehr als eine leichte Prellung oder eine Beule ist am Ende nicht mehr drin", sagte Brüll.

Singerle nickte zustimmend und sagte:

„Unfälle durch aus der Bahn geratene Golfbälle gibt es so gut wie nie. Wir hatten bei uns im Krankenhaus noch nie einen solchen Fall."

Brüll ergänzte: „Eigentlich ist das auch klar. Wenn einem ein Schlag total misslingt, ruft man sofort laut 'Fore' und alle wissen, dass man in Deckung gehen und den Kopf schützen soll. Bei größeren Entfernungen sind die Bälle auch ein paar Sekunden unterwegs. Das reicht, um sich wegzudrehen und die Hände vor den Kopf zu halten. Das lernt jeder Golfer bei einem Kurs schon in der allerersten Stunde. Ein Golfkurs und eine Prüfung am Ende, durch die man die sogenannte Platzreife erlangt, ist übrigens Voraussetzung, damit man ohne Coach auf den Platz darf. Da sind wir und auch alle anderen Golfclubs sehr streng."

Er hatte dafür gesorgt, dass der südliche Teil der Anlage, wo sie sich befanden, komplett abgesperrt worden war. Die Golfer, die sich auf dem Gelände befanden, waren informiert worden, dass sie im Moment nur im Trainingsbereich und auf den Bahnen nördlich vom Clubhaus spielen durften. Das gefiel ihnen zwar nicht, aber es ging halt nicht anders.

Es dauerte eine gute halbe Stunde, dann kam ein Kollege aus Kempten mit zwei Männern von der Spurensicherung.

Der Kollege aus Kempten, ein junger Mann, geschätzt 30 Jahre alt, etwa einsachtzig groß und von sportlicher Statur, stellte sich vor:

„Hallo! Ich bin Kommissar Tim Jung. Ich soll bei der Aufklärung des Falls helfen, äh, nee, äh, ich meine, mein Chef hat mir der Auftrag gegeben, die Untersuchung des Falls zu leiten."

Lisa schmunzelte.

'Selbstsicheres Auftreten?'

Es hörte sich eher an, als sei Kommissar Jung seinem Namen entsprechend noch jung und unerfahren, und wisse nicht, ob er sich über die ihm zugetragene Aufgabe freuen sollte, oder sie eher eine unerwünschte Last für ihn war. Vielleicht hatte er bis dato nur assistiert, also nie eine Untersuchung geleitet. Wer weiß?

Zuerst schauten sich die Kollegen von der Spurensicherung den Fundort der Leiche an. Das Gelände war auf den ersten Metern in Richtung der Trettach fast eben, fiel dann aber schräg ab. Die Leiche lag in dem schrägen Teil, so dass sie vom Fairway[3] aus nicht zu sehen war.

„Hier sind frische Fußspuren. Wer von euch ist da rüber gegangen?", fragte Hein Kobler, einer der beiden Männer von der Spurensicherung.

„Nur Peter", sagte Brüll und zeigte auf Peter Singerle. „Ich bin hier am Rand geblieben und ihre Kollegen aus dem Ort ebenfalls."

Hein ging in die Hocke, um den Boden zu untersuchen, und näherte sich dann der Leiche. Als er sich aufrichtete sagte er:

„Da, wo das Gestrüpp dichter wird, sind ein paar Stofffetzen an den Dornen, die könnten von der Kleidung des Toten stammen. Und an der Kleidung gibt es Schäden. Ich gehe davon aus, dass der Tote zum Fundort hin auf den letzten Metern, da wo es eng ist, über den Boden gezogen wurde. Er ist mit Sicherheit nicht da hinten umgekommen. Aber die Erde ist von dem Regen gestern so

---

[3] Bereich auf dem Golfplatz zwischen dem Abschlag und dem Grün.

15

aufgeweicht, dass ich auf dem Boden kaum Spuren erkennen kann. Und weiter vorne ist auch genug Platz, um unbeschadet an den Sträuchern vorbei zu kommen."

Er winkte Singerle zu sich und sagte: „Sie sind doch Arzt. Schau'n sie mal: Er hat eine Beule seitlich am Kopf. Kann die Verletzung von einem Golfball stammen?", fragte er.

„Das glaube ich eher nicht", sagte Singerle, „es sei denn, es war Absicht."

Brüll stimmte ihm zu.

Singerle sagte zu Kommissar Jung:

„Ich schlage vor, dass wir den Toten nach Kempten in die Pathologie bringen und dort untersuchen lassen. Ich vermute, dass bei dem Schlag gegen den Kopf eine Ader im Gehirn geplatzt ist. Das haben wir manchmal auch nach Schlägereien. Dann ist das Opfer im schlimmsten Fall direkt bewusstlos und nicht mehr zu retten."

Jung fragte ihn: „Können Sie uns einen Wagen zur Verfügung stellen, mit dem wir den Toten nach Kempten fahren können? Das geht schneller, als wenn wir einen herkommen lassen. Dann kann auch der Platz bald wieder freigegeben werden."

„Das wäre gut", sagte Brüll.

Singerle telefonierte kurz mit dem Krankenhaus und hob den Daumen.

Die beiden Männer von der Spurensicherung schauten sich noch auf dem Fairway im Bereich der Fundstelle um.

Hein fragte Brüll: „Hier sind Reifenspuren, die noch relativ frisch aussehen. War in den letzten Stunden jemand mit einem Fahrzeug hier unterwegs?"

Brüll schüttelte den Kopf.

„Die Spuren sind uns auch aufgefallen. Es ist in der letzten Zeit schon mal vorgekommen, dass jemand in einer Nacht- und Nebelaktion Sperrmüll auf unserem Gelände abgeladen hat. Deswegen haben wir uns auch umgeschaut, als wir die Spuren bemerkt haben, und dabei die Leiche entdeckt. Am Samstagnachmittag hatte es angefangen zu regnen, als die letzten Spieler den Platz verlassen haben. Deswegen ist der Greenkeeper früh nach Hause gefahren. Gestern hatte er frei und heute war auch noch keiner von uns hier. Diesmal war es offensichtlich aber kein Sperrmüll, sondern eine Leiche, die man uns untergejubelt hat."

Hein schaute sich die Reifenspuren genau an. Sie reichten bis an den Weg, der südlich am Golfplatz vorbei ging.

„Es sieht so aus, als wäre jemand mit seinem Wagen von dem Weg aus hierhergefahren, hätte gewendet, und wäre dann wieder zurückgefahren."

„Das passt ja zu den Spuren im Gebüsch", sagte Jung. „Man hat den Toten hergebracht, in das Gebüsch getragen bzw. gezogen, und ist wieder abgehauen."

Hein machte noch ein paar Fotos von der Fundstelle und den Reifenspuren auf dem Fairway, dann gingen er und sein Kollege zurück zu ihrem Wagen.

Singerle schaute auf die Uhr und sagte zu Brüll: „Ich denke, wir spielen unsere Runde ein andermal zu Ende. Ich will nicht zu spät zum Dienst kommen."

Die drei Polizisten blieben am Leichenfundort, während sich die anderen auf den Weg zum Clubheim machten.

„Hier sind doch sicher alle per du", sagte Jung zu den beiden Kollegen.

Walter nickte und sagte: „Wenn das O.K. ist: Ich heiße Walter Wirtz, also gerne Walter."

Lisa grinste. Dass die Kollegen ihn Waldi nannten, wollte er wohl nicht preisgeben.

„Und ich heiße Lisa Hinteregger; gerne Lisa."

„Dann bin ich natürlich der Tim", sagte Kommissar Jung. Danach standen sie da und warteten auf den Kranken-transportwagen.

Singerle hatte seinem Kollegen vom Krankenhaus ge-sagt, dass er sofort über den Weg an die Anlage heran-fahren solle und hatte das Absperrband weggenommen. So konnte der Wagen direkt bis an die Stelle fahren, bis zu der man die Leiche tragen musste.

Nachdem die Leiche abtransportiert war, machten sich auch Walter, Lisa und Tim auf den Weg zum Clubheim.

Da, wo zwischen der Bahn fünf und der Bahn sieben die steile Böschung war, blieb Tim stehen und schaute noch einmal in Richtung der Stelle, wo man die Leiche gefun-den hatte.

„Seht mal", sagte er zu den beiden anderen, „die Spuren vom Krankenwagen sehen genau so aus, wie die ande-ren."

Walter und Lisa schauten auch zurück.

„Stimmt! Die Spuren sehen genau gleich aus."

„Dann dürfte es tatsächlich so sein, dass der Tatort wo-anders ist, und man den Toten später hierhergebracht hat. Lasst uns jetzt zu den anderen gehen", sagte Tim.

2

Weil es im Clubbüro zu eng war, hatten sie sich in eine Ecke in der Cafeteria gesetzt. Sepp Brüll und Maria, die das Büro managte, waren auch zu ihnen gekommen. Walter sagte zu Tim:

„Der Tote ist Anton Huber, ein Clubmitglied. Seine Frau rief heute Mittag bei uns an, um ihn als vermisst zu melden. Sie sagte, er sei am Samstagnachmittag zum Golfen gefahren und danach anscheinend noch nicht wieder nach Hause gekommen."

„Und warum hat sie sich erst heute bei euch gemeldet?", fragte Tim.

„Sie sagte mir, dass sie erst heute Mittag nach Hause gekommen ist, weil sie mit Freundinnen eine mehrtägige Wanderung gemacht hat", sagte Lisa.

„O.K.", sagte Tim und fragte Maria: „Können Sie mir sagen, mit wem der Huber am Samstag gespielt hat?"

„Klar. Ich meine zwar zu wissen, wer es war, aber ich schaue zur Sicherheit lieber in die Starterliste", sagte Maria und ging kurz in ihr Büro.

Als sie zurückkam sagte sie:

„Der Huber hat am Samstag wieder mit Michael Moosbauer, einem befreundeten Golfer aus Bühl am Alpsee, gespielt. Die Beiden spielen seit über einem Jahr regelmäßig einmal in der Woche zusammen. Ich habe Ihnen Moosbauers Kontaktdaten auf einen Zettel geschrieben. Die Beiden waren auf dem Flight allein unterwegs."

„Was ist denn ein Flight?", fragte Tim.

„Sie sind anscheinend kein Golfer", sagte Maria freundlich und erklärte es ihm. „Flight ist die Bezeichnung für eine Gruppe Golfer, die gemeinsam eine Runde spielen. Das sind in der Regel zwei bis vier Leute. In diesem Fall waren es zwei. Moosbauer hat die Beiden am Samstagnachmittag nach ihrer Runde bei mir abgemeldet, und dann sind sie nach Hause gefahren."

Tim fragte nach: „Sie sagen, dass die Beiden nach Hause gefahren sind. Dann frage mich, warum der Tote noch seine Golfschuhe anhat, und wo seine Ausrüstung ist; seine Frau sagte doch, dass er anscheinend noch gar nicht wieder zuhause war. Das passt meines Erachtens nicht zusammen."

„Da haben Sie Recht. Ich kann es Ihnen aber erklären: Wir haben neben der Zufahrt zwei Schuppen. In einem von beiden können unsere Golfer ihre Sachen abstellen. Der Huber hat seine Ausrüstung immer hier in dem Schuppen gelassen; so brauchte er nicht alles mit nach Hause und wieder hierher zu karren. Er ließ in der letzten Zeit sogar seine Golfschuhe an, wenn er nach Hause fuhr. Ich habe ihn mal gefragt, warum er sie nicht auch hierlässt. Da sagte er, dass ihn der Moosbauer immer an der Stillachstraße aussteigen lässt, und er dann über die Wiesen hoch bis zu seinem Haus geht. Weil dabei die Schuhe eh dreckig werden, spart er es sich so, außer den Golfschuhen auch noch die Straßenschuhe putzen zu müssen."

„Das leuchtet ein", meinte Tim.

Brüll kannte noch einen anderen Grund:

„Dass die Golfer ihre Sachen hierlassen hat aber noch einen anderen Vorteil für sie: Sie können zu Fuß, mit dem

Fahrrad oder mit der Buslinie 8 kommen und das Auto zu Hause stehen lassen. So können sie auch nach dem Spiel noch das eine oder andere Bierchen in unserem Clubheim trinken, ohne auf dem Heimweg Angst vor einer Verkehrskontrolle haben zu müssen."

„Wenn der Huber zusammen mit dem Moosbauer nach Hause gefahren ist, passt das auch zu dem, was die Spurensicherung ermittelt hat. Die Tat ist sicher wo anders passiert, und man hat die Leiche heimlich hergebracht und hier abgelegt. Halten Sie das für möglich?", fragte Tim.

„Klar geht das", sagte Brüll. „Unsere Anlage ist nicht vollständig eingezäunt. Es gibt mehrere Stellen, wo man von außerhalb auf das Gelände gehen kann."

Lisa erinnerte sich an die Stelle, zu der sie vorhin Sicherheitsbedenken geäußert hatte.

Sie sagte zu Tim:

„Hinten neben dem sechsten Grün und dem Abschlag auf der Sieben, kann man problemlos über den Weg bis an oder auf das Gelände fahren und hat dann bis zu der Stelle, an der man den Huber gefunden hat, nur noch ein paar Meter. Das hat der Krankentransportwagen auch so gemacht."

„So passt alles zusammen", sagte Tim. „Eine Tatwaffe haben die Kollegen nämlich nicht gefunden."

Brüll meinte:

„Hier auf der Anlage sind Waffen sowieso verboten. Auch die Jungs vom Schützenverein, die bei uns im Verein sind, müssen ihre Flinten zu Hause lassen, oder sie zuerst nach Hause bringen, wenn sie direkt von der Jagd herkommen."

„Aber jeder der Golfer hat doch mehrere Waffen dabei", sagte Lisa.

„Wie meinen Sie das?", fragte Brüll erstaunt.

„Ich denke an Schlagwaffen. Überlegen Sie doch mal: Sie haben vorhin gesagt, dass man mit den schweren Schlägern einen Ball hunderte Meter weit schlagen kann. Das heißt aber doch auch, dass sie hervorragende Schlagwaffen sein müssen. Oder liege ich da falsch?"

„So habe ich noch nie darüber nachgedacht", sagte Brüll, „aber Sie haben natürlich Recht. Eigentlich hat jeder Spieler mehrere Waffen bei sich, wenn man Golfschläger als Waffe ansieht."

Walter wandte sich an Tim und Lisa. „Fahrt ihr zu Frau Huber, und sorgt dafür, dass sie mit zur Pathologie fährt, damit sie den Toten identifizieren kann? Dann kann ich zurück auf die Wache."

„Zu Frau Huber wollte ich auf jeden Fall gleich fahren", sagte Tim.

Lisa schien nicht begeistert davon, aber was blieb ihr anders übrig?

Tim war froh, dass er mit seinem eigenen Auto gekommen war. Jetzt, wo die Kollegen schon wieder zurück nach Kempten gefahren waren, hätte er sonst dumm dagestanden.

Es dauerte nicht lange, bis sie in der Alten Walserstraße waren.

Lisa klingelte, während Tim sich vornehm zurückhielt.

Eine junge Frau öffnete.

„Frau Huber?", fragte Lisa.

Die junge Frau konnte an der Miene der beiden Polizisten ablesen, dass sie keine guten Nachrichten für sie hatten und sagte:

„Richtig. Ist meinem Mann etwas passiert?"

Lisa nickte.

„Dürfen wir reinkommen?"

Bettina Huber winkte die Beiden herein.

„Ist es schlimm?"

Lisa nickte wieder.

„Ihr Mann ist leider verstorben", sagte sie.

Bettina Huber ließ sich auf die Bank in der Küche fallen und schluchzte.

„Was ist denn passiert?"

„Das kann ich Ihnen noch nicht genau sagen", sagte Tim. „Wir sind noch ganz am Anfang unserer Ermittlungen. Es kann ein Unfall gewesen sein, oder …"

„Oder was? Hat man ihn etwa umgebracht?", fiel Bettina ihm ins Wort.

„Wahrscheinlich. Ich sagte aber doch, dass wir noch am Anfang unserer Ermittlungen sind. Wir wissen noch nicht genau, was passiert ist. Die Leute vom Golfplatz sind sich zwar sicher, dass es sich bei dem Toten um Ihren Mann handelt, aber ich würde Sie trotzdem bitten, mit uns zu kommen, damit Sie ihn eindeutig identifizieren können. Aber keine Angst - er sieht eigentlich ganz normal aus, so, als würde er nur schlafen."

„Ich ziehe mir eben Schuhe an, dann komme ich", sagte Bettina Huber.

Als sie in Kempten ankamen, wartete Dr. Breuer auf sie. Sie gingen zusammmen in den Untersuchungsraum.

„Ist das Ihr Mann?", fragte Tim.

„Das ist er", sagte Bettina Huber.

Dann sackte sie zusammen. Der Doktor fing sie auf, bevor sie auf den Boden fallen konnte.

Er setzte sie auf einen Stuhl und gab ihr eine Spritze. Lisa blieb bei ihr, während der Doktor und Tim ein paar Schritte zur Seite gingen.

Der Doktor sagte: „Ich habe eben mit meinem Kollegen aus Oberstdorf gesprochen. Es ist so, wie er vermutet hat. Wir haben ihn durch die Röhre geschickt. Durch den Schlag gegen den Kopf ist ein Blutgefäß im Gehirn geplatzt. Der Mann muss direkt ohnmächtig geworden sein, und der Tod ist kurz danach eingetreten."

„Können Sie mir sagen, wann das in etwa war?"

„Nicht auf die Minute genau, aber es muss am frühen Samstagabend oder in der ersten Nachthälfte passiert sein."

„Genauer geht es nicht?"

Dr. Breuer schüttelte den Kopf.

„Weil der Tote einige Stunden im Regen gelegen hat, bevor man ihn gefunden hat, ist eine genauere Datierung kaum möglich."

„Haben Sie die Taschen des Toten geleert? Es würde mich interessieren, ob er bspw. einen Schlüssel oder ein Handy dabeihatte."

„Er hatte nur ein Päckchen Taschentücher und ein Bonbon in der Tasche, sonst nichts."

„O.K. Dann vermute ich mal, dass er alles andere in seiner Golftasche hat. Danke.", sagte Tim. „Kann ich Frau Huber wieder nach Hause bringen, oder wäre es besser, wenn sie noch unter ärztlicher Beobachtung bleibt?"

Bettina Huber hatte ihnen zugehört.

„Es geht schon wieder", sagte sie. „Und wenn es mir doch noch schlecht gehen sollte, rufe ich halt die 112 an."

Lisa nahm Bettina an den Arm, setzte sich zu ihr ins Auto und sie fuhren zurück nach Oberstdorf.

„Können wir Sie wirklich allein lassen?", fragte Lisa, als sie angekommen waren.

„Es geht schon", sagte Bettina.

Tim und Lisa fuhren zur Wache.

Als sie wieder dort waren, kam der Inspektionsleiter Fingerhut zu ihnen. Tim sagte ihm:

„Ich habe meinem Chef versprochen, dass ich heute noch vorbeischaue und mit ihm abspreche, wie wir weiter vorgehen. Ich möchte die Ermittlungen morgen fortsetzen. Ist das aus Ihrer Sicht in Ordnung?"

„Was in Kempten entschieden wird ist immer in Ordnung."

War da ein säuerlicher Unterton zu hören?

Fingerhut ergänzte:

„Haben Sie etwas dagegen, wenn Lisa Sie bei den Ermittlungen begleitet? Sie ist erst kurze Zeit im Dienst und der Fall wäre aus meiner Sicht ideal, um Erfahrung auch bei Kriminalfällen zu sammeln."

Tim stimmte zu und verabschiedete sich.

Fingerhut ging zurück in sein Büro.

„Muss das sein?", fragte Lisa Walter, als der Chef gegangen war.

„Ich habe es mit ihm besprochen. Das mit dem Erfahrung sammeln haben wir nicht einfach so gesagt. Es wird dir sicher für deine Karriere helfen, wenn du gleich bei einem interessanten Fall dabei bist. Und wir erfahren so auch immer hautnah, was Tim anstellt."

„Meinst du, er schafft es, den Fall zu lösen?", fragte Lisa, „wie Sherlock Holmes sieht er nicht gerade aus."

„Wer weiß."

Als Lisa nach Hause kam wartete ihre Mutter Traudel schon an der Wohnungstüre auf sie.

„Da bist du ja endlich! Was habe ich gehört? Es ist schon wieder einer umgebracht worden?"

„Wieso schon wieder?", fragte Lisa. „Du tust gerade so, als ob hier in Oberstdorf ständig einer ermordet wird. Wir sind hier doch nicht im Fernsehen!"

Traudel hatte seit ein paar Monaten auf ihrem Smartphone eine App, die einen Piepston abgab, wenn es neue Nachrichten gab. Die Nachricht über den Leichenfund auf dem Golfplatz hatte sich schon über die sozialen Netzwerke verbreitet. Weil es neue Nachrichten fast im Minutentakt gab, und das ständige Piepsen nicht nur Lisa, sondern auch ihrem Vater auf den Keks ging, hatten sie Traudel nach langem Streit dazu gebracht, das Gerät wenigstens während des Essens stumm zu schalten.

Kurze Zeit später kam Lisas Vater von der Arbeit. Weil es für ihn sowohl in Immenstadt, also auch in Oberstdorf nur ein paar Schritte bis zum Bahnhof waren, fuhr er fast immer mit dem Zug, auch wenn die Fahrzeit fast eine halbe Stunde betrug. Es waren zwar nur ungefähr 20 km, aber stellenweise durfte der Zug auch nur 20 km/h schnell fahren, weil es auf der Strecke mehrere unbeschrankte Bahnübergänge gab. Da durften selbst die Intercity-Züge nur im Schneckentempo fahren.

Aber das ist eine andere Geschichte.

Dann saßen sie zusammen beim Abendessen.

„Na, wie hat die zweite Woche angefangen?", fragte der Vater, der schon an der Wohnungstür von Traudel über den Leichenfund informiert worden war.

„Spektakulär", sagte Lisa nur und ließ sich nicht vom Essen abhalten. Sie aß mittags meistens nur ein belegtes Brot und freute sich auf das gemeinsame Abendessen, wenn sie nach Hause kam. Und wenn es wie heute Rinderrouladen mit hausgemachten Semmelknödeln und Blaukraut gab, dann ließ sie sich erst recht nicht stören.

Ihre Mutter war als erste fertig, weil sie es nicht abwarten konnte, genaueres zu der 'Leiche auf dem Golfplatz' zu hören.

Lisa und ihr Vater dagegen ließen sich Zeit.

Als der Tisch abgeräumt war, war Lisa bereit zu berichten.

„Der Sepp Brüll und der Peter Singerle haben heute eine Runde auf dem Golfplatz gespielt und dabei eine Leiche entdeckt."

Ihr Vater grinste, weil er genau wusste, was jetzt kam.

„Und, und, wer war's?"

„Meinst du, wer der Tote war, oder der Mörder?", fragte Lisa und zwinkerte ihrem Vater zu.

„Ich will Alles wissen!", sagte Traudel aufgeregt.

O.K.", sagte Lisa, „Alles kann ich dir nicht sagen; aus ermittlungstaktischen Gründen. Das kennst du doch aus den Krimis im Fernsehen. Was ich dir sagen kann ist, dass der Tote der Anton Huber aus Oberstdorf ist, und dass er erschlagen wurde. Wann genau, wo, warum und vom wem wissen wir noch nicht."

„Wenn er auf dem Golfplatz lag, dann ist doch klar, wo er erschlagen wurde. Oder meinst du, er ist danach noch zu Fuß zum Golfplatz gelaufen?"

Lisa überlegte.

Sollte sie ihrer Mutter schon Einzelheiten sagen?

Besser nicht.

„Mehr darf ich dir nicht sagen. Morgen vielleicht."

Lisas Mutter ging ins Wohnzimmer und setzte sich vor den Fernseher.

Wolfgang war froh, dass er jetzt mit Lisa alleine war.

„Ihr seid wahrscheinlich noch ganz am Anfang der Ermittlungen. Du sagtest, der Tote ist der Anton Huber von hier. Ich könnte dir ein paar Informationen zu ihm geben, die vielleicht interessant sind. Das darf ich aber nur, wenn ich eine offizielle Anfrage bekomme. Wenn du mir versprichst, alles erst einmal für dich zu behalten, dann kann ich dir aber vorab schon etwas sagen."

„Im Versprechen bin ich gut", sagte Lisa.

„Auch im Halten?", fragte Wolfgang.

„Klar! Also - was willst du mir sagen?"

Wolfgang stand auf und spinkste durch den Türspalt ins Wohnzimmer. Traudel hatte sich den Kopfhörer aufgesetzt; das tat sie oft, wenn sie über das Smartphone Nachrichten oder Musik hörte, oder beim Fernsehen sicher sein wollte, dass sie alles richtig hörte.

Es war zwar nicht klar, woher es kam, aber Traudel war leicht schwerhörig.

„Aber wirklich unter uns: Der Huber ist einer der Fälle, die ich bearbeite. Er hat während der Corona-Krise eine leerstehende Halle im Blaichacher Gewerbegebiet ersteigert. Für einen Spottpreis! Die Autowerkstatt, die in der Halle war, ist während des Lockdowns Pleite gegangen. Der Inhaber, ich glaube der heißt Klemmer, wollte die Halle vom Huber zurückkaufen, als die Krise überstanden war. Da hat ihm der Huber einen Preis genannt, der etwa das Zehnfache von dem war, was er selber bezahlt hatte. Da war der Klemmer natürlich stinkesauer. Der Huber hatte allerdings die Halle schon umgebaut. Er hat für einige Tausend Euro das Dach mit Solarpaneelen bestückt, eine Klimaanlage einbauen lassen, und baut in der Halle Teepflanzen an. Die verkauft er überwiegend übers Internet."

Lisa war erstaunt.

„Rentiert sich das denn?"

„Ich glaube nicht. Er gibt für das Geschäft immer Verluste an. Der Teeverkauf an sich scheint rentabel zu sein, aber er muss ja noch das Geld für die Halle und den Umbau abstottern. Dafür hatte er einen Kredit aufgenommen. Solange er den Kredit noch nicht zurückgezahlt hat, macht er Verluste."

„Wieviel kann man denn mit Tee verdienen?", fragte Lisa.

Wolfgang nahm sich einen Schluck aus seinem Glas.

„Eigentlich kann man mit Tee nicht viel verdienen. Der Huber war letztes Jahr mal bei uns. Da hatte er mir eine Kostprobe mitgebracht. Er verkauft nur lose Teeblätter. Ich habe ausgerechnet, dass eine Tasse Tee auf zwei Euro kommt."

„Zwei Euro?", sagte Lisa ungläubig. „Das ist nicht gerade billig!"

„Das stimmt. Aber sein Tee ist doch kein 'Tee von der Stange', sondern Luxus-Tee. Er ist auch auf den Nachhaltigkeitstrip aufgesprungen. Er verspricht seinen Kunden, dass sein Tee aus eigenem Anbau ist, und er sich die nötige Energie von der Sonne holt."

Lisa überlegte.

„Hältst du es für möglich, dass der Klemmer den Huber aus Rache umgebracht hat?"

Wolfgang schüttelte den Kopf.

„Ich kenne den Klemmer. Dafür ist er nicht der Typ. Aber vielleicht kannst du die Infos trotzdem gebrauchen."

„Wer weiß", sagte Lisa.

Dann ging sie in ihr Zimmer.

Sie wollte ein Buch weiterlesen, das sie sich kürzlich gekauft hatte.

Und danach schlafen.

Der Nachmittag war anstrengend gewesen.

3

Als Lisa am nächsten Morgen zum Frühstück kam, wunderte sich Traudel.

„Haben sie dich wieder entlassen?", fragte sie, denn Lisa hatte normale zivile Kleidung an; eine schicke Bluse und Bluejeans.

„Keine Sorge, Ma", sagte Lisa, „mein Chef meint, es wäre besser, wenn ich keine Uniform anhabe, solange ich mit dem Kommissar von der Kripo unterwegs bin. Es muss ja nicht jeder gleich wissen, dass wir von der Polizei sind."

Als sie aufbrach, um zur Inspektion zu gehen, sagte Traudel an der Türe noch:

„Versprichst du mir, mich anzurufen, wenn du etwas Neues weißt?"

Lisa sagte nichts, aber sie nickte zustimmend.

Weil ihr Vater zur gleichen Zeit zum Bahnhof ging, konnten sie sich unterwegs noch unterhalten. Sie gingen über die Trettachstraße am Krankenhaus vorbei und dann rechts in die Obere Bahnhofstraße.

„Hast du deiner Mutter eben etwa wirklich versprochen, sie über alles Neue zu informieren, oder wie war deine Geste gemeint?", fragte Wolfgang.

Lisa lachte.

„Wenn sie das als Versprechen ansieht, dann habe ich mich versprochen."

„Ich hoffe, du hast dich gestern Abend nicht auch versprochen, als ich dir die Fakten zum Huber gesagt habe."

„Keine Sorge. Das war echt gemeint", sagte Lisa.

Dann bog sie links ab, um über den Hof der Polizeiinspektion zur Wache zugehen.

„Denk an dein Versprechen", sagte Wolfgang noch, als sie sich trennten.

Als Tim wieder bei der Inspektion in Oberstdorf angekommen war, sprach er kurz mit Fingerhut, dann kam er zu Lisa, die bei Walter am Empfang saß.

„Dein Chef möchte, dass wir den Fall gemeinsam angehen", sagte er zu ihr.

„Das hat er mir auch schon gesagt. Und er hat mir gesagt, dass ich in Zivil kommen soll."

„Das finde ich gut. Ich denke, wir sollten als Erstes den Spielpartner vom Huber befragen, und danach versuchen herauszufinden, ob er Feinde hatte, oder ob es Leute gibt, die ein Motiv hatten, ihn zu töten."

„Das ist eine sehr kluge Herangehensweise. Das sollten wir genau so machen", sagte Lisa.

Aus dem Augenwinkel heraus sah sie, dass Walter schmunzelte.

'Übertreib's nicht mit deinen Komplimenten', dachte er wohl.

„Ich würde auch die Leute in der Nachbarschaft vom Golfplatz fragen, ob sie am Samstagabend oder in der Nacht etwas Ungewöhnliches gesehen haben", meinte Lisa.

„Das hatte ich auch auf jeden Fall vor", sagte Tim.

Fingerhut hatte ihnen ein Büro im ersten Stock zur Verfügung gestellt, in dem sie während der Ermittlungen ungestört arbeiten konnten.

„Lass uns hoch gehen und überlegen, was wir zuerst machen", sagte Tim.

Hatte er mitbekommen, dass sich Walter über Lisas Komplimente amüsiert hatte?

'Egal', dachte Lisa.

Der Raum war mit zwei aneinander gestellten Tischen ausgestattet, an denen jeweils ein Bürostuhl und ein Besucherstuhl standen. Für jeden der Tische stand ein PC zur Verfügung. Und es gab ein Telefon an jedem Platz. Keine High-Tech, aber ausreichend für die tägliche Arbeit.

Tim rief Michael Moosbauer, den Spielpartner von Huber, an, um ihm zu sagen, dass er ihn befragen wolle. Er habe um 10 einen Termin, hatte Moosbauer gesagt, und deshalb waren Tim und Lisa sofort nach Bühl am Alpsee gefahren.

Sie klingelten an der Haustür.

Moosbauer öffnete.

Tim begann: „Herr Moosbauer, ich habe leider zuerst eine schlechte Nachricht für Sie: Ihr Golfpartner Huber ist verstorben."

Moosbauer fragte entsetzt: „Wie ist das denn passiert? Als ich ihn am Samstag zu Hause abgesetzt habe, war er doch noch putzmunter!"

„Wie es passiert ist wissen wir noch nicht genau. Aber vielleicht können Sie uns ja helfen", sagte Tim. „Dürfen wir reinkommen?"

„Gerne", sagte Moosbauer.

Lisa schaute sich um. Das Haus war ein einfaches Siedlungshaus, wie man es in den 80er Jahren vielfach gebaut hatte: Mittiger Eingang, rechts das Gäste-WC und

das Treppenhaus, links die Küche, und hinten ein Wohnzimmer, das die gesamte Hausbreite ausfüllte.

Moosbauer führte sie zur Essecke im Wohnzimmer.

Lisa überließ Tim die Gesprächsführung und hörte aufmerksam zu.

„Sie waren am Samstag zusammen mit Herrn Huber auf
dem Platz in Oberstdorf und haben eine Runde gespielt.
Ist das richtig?"

„Das stimmt. Wir hatten uns für Vier verabredet. Ich
habe ihn auf dem Weg zum Platz kurz vor Vier an der
Stillachstraße eingesammelt. Das haben wir immer so
gemacht, weil ich eh mit dem Auto kam, und es unsinnig
gewesen wäre, für die letzten paar Meter das Auto zu
tauschen, oder mit zwei Autos zu fahren. Und ich musste
den Weg bis zum Platz ja eh fahren. Damit ich nicht in
die Siedlung reinfahren musste, kam Toni immer runter
bis zur Stillachstraße und hat da auf mich gewartet."

„Wo ist das genau?"

„Das ist da, wo durch die Wiesen der Weg von Oberstdorf rüberkommt; an der kleinen Brücke über die Stillach."

Lisa kannte die Stelle. Von da aus ging man nur ein paar
Minuten bis in die Ortsmitte von Oberstdorf, weshalb es
auch in der kleinen Siedlung ein paar Ferienwohnungen
und ein Hotel gab. Das nutzen einige Gäste, denen der
Weg nicht zu weit war, und die gerne ein paar Euros
sparten, weil es direkt in Oberstdorf teurer war, als in
der Nachbarschaft. Außerdem gab es weiter oben noch
eine Privatklinik.

„Und Sie haben ihn auch an der gleichen Stelle wieder
abgesetzt?"

„Ja."

„Können Sie mir sagen, wann das war?"

Moosbauer überlegte laut.

„Wir haben bis etwa halb Sechs gespielt, dann bin ich zum Büro gegangen und habe uns abgemeldet. Inzwischen hat der Toni seine Sachen wie immer in die Hütte gebracht, und wir haben uns auf dem Parkplatz getroffen. Dann sind wir heimgefahren, und ich habe ihn an der Brücke abgesetzt. Das muss also kurz vor Sechs gewesen sein"

„Sie sind wahrscheinlich der Letzte, der ihn lebend gesehen hat. Wie war er drauf? Hat er sich anderes verhalten als sonst, oder irgendetwas gesagt, was unnormal war?"

„Warum fragen Sie das?"

„Nun, wir müssen leider davon ausgehen, dass er keines natürlichen Todes gestorben ist."

Moosbauer fragte entsetzt:

„Sie meinen, man hat ihn umgebracht?"

„Das sieht so aus. Wissen Sie, ob er Feinde hatte, oder ob er in der letzten Zeit mit jemandem einen heftigen Streit hatte?"

Moosbauer schüttelte den Kopf.

„Das kann ich Ihnen nicht sagen. Zu privaten Dingen hat er sich selten geäußert. Und geschäftlich? Er hat, soviel ich weiß, einen Onlinehandel betrieben. Macht man sich damit Feinde?"

„Wer weiß. Mit was hat er denn gehandelt?"

„Er hat mir mal erzählt, dass er Volkskunst, also Schnitzereien, und Luxus-Tee verkauft. Das Geschäft lief bei ihm während der Pandemie problemlos. Aber ich glaube nicht, dass er damit viel verdient hat. Dafür ist die Konkurrenz im Ort zu groß. Die Touristen, die im Ort an den

Schaufenstern vorbei gehen, kaufen bestimmt lieber direkt da ein."

„Außer, wenn gerade eine Pandemie herrscht, und die Läden geschlossen sind."

„Stimmt. Aber ich glaube, dass er von seinem Onlinehandel nicht leben konnte, und es auch nicht nötig hatte. Das war wohl eher sein Hobby."

„Wieso?"

„Er zählte mal, dass seine Frau von ihren Großeltern ein Haus in Oberstdorf mit vier Ferienwohnungen geerbt hat. Wenn man nicht auf zu großem Fuß lebt, reicht das sicher aus. Dann braucht man nicht mehr zu arbeiten."

„So hätte ich es auch gerne", sagte Tim. „Aber meine Eltern und Großeltern haben keine Häuser. Deshalb muss ich selbst für mein Einkommen sorgen."

'Du Armer', dachte Lisa.

Ihr ging es allerdings auch nicht besser. Ihre Mutter arbeitete nur ein paar Stunden pro Woche; fürs Taschengeld, sozusagen.

Für den Lebensunterhalt der Familie hatte ihr Vater gesorgt, solange sie zurückdenken konnte. Lisa und ihre Schwester Laura waren aber immer mit dem zufrieden gewesen, was sie hatten, auch wenn sie manchmal ein wenig neidisch auf die Schulkameradinnen gewesen waren, deren Eltern mehr Geld hatten und sich mehr leisten konnten.

Lisa war kurz in ihren Gedanken versunken und hatte gar nicht mitbekommen, dass Tim noch ein paar Fragen zu dem Geschäft Hubers gestellt hatte.

'Egal! Er sagt es mir sicher, wenn wir zurück sind.'

Sie verabschiedeten sich.

Auf dem Rückweg nach Oberstdorf sagte Tim:

„Wir sollten jetzt in der Nachbarschaft vom Golfplatz nachfragen, ob jemand am Samstagabend etwas gesehen hat. Lass uns gleich rüberfahren."

Sie informierten die Kollegen auf der Wache und fuhren in Richtung Golfplatz. Weil Lisa wusste, dass nur die wenigen Häuser jenseits der Trettach in Frage kamen, fuhren sie sofort dorthin.

Sie kamen beim ersten Haus an.

Der Hausherr, ein Herr Bader, öffnete die Tür und bat sie herein.

„Sie kommen wahrscheinlich wegen der Leiche auf dem Golfplatz", sagte er direkt. „Wie kann ich Ihnen helfen?" Der Leichenfund auf dem Golfplatz hatte sich anscheinend schon überall rumgesprochen.

„Richtig", sagte Tim, „ich bin Kommissar Jung von der Kripo Kempten. Wir untersuchen den Fall zusammen mit unseren Kollegen aus Oberstdorf. Haben Sie am Samstagnachmittag oder in der Nacht zum Sonntag ungewöhnliche Geräusche gehört oder etwas gesehen, was nicht normal war?"

Bader überlegte.

„Wir waren zuhause und haben Fernsehen geguckt. Unser Wohnzimmer liegt hinten raus. Da bekommt man nicht viel mit von dem, was auf der anderen Seite an der Trettach passiert."

Hinten in einer Ecke in der Stube saß eine alte Frau und strickte. Sie war so ruhig, dass Tim und Lisa sie nicht wahrgenommen hatten. Sie hatte anscheinend mitbekommen, dass Tim und Lisa Polizisten waren, eine Hand hochgestreckt und gewunken.

„Ich habe etwas gesehen und gehört. Wollt ihr das hören?", sagte sie mit leiser und brüchiger Stimme.

Bader macht den Polizisten gegenüber eine Geste, die wohl heißen sollte: Hört nicht auf die Alte - die ist senil! Während Tim bei Bader blieb, ging Lisa zu der alten Frau. Sie sah zwar sehr alt aus, machte auf Lisa aber nicht den Eindruck, senil zu sein. Sie redete sehr leise, wobei Lisa nicht wusste, ob sie das tat, damit ihr Sohn nicht mithören konnte, oder ob es altersbedingt war.

Lisa setzte sich neben sie.

Die Alte erzählte:

„Ich war am Samstagabend auf meinem Zimmer und habe Fernsehen geguckt. Ich habe nämlich einen eigenen Fernseher, weil ich gerne andere Sachen gucke, als die jungen Leute. Mein Zimmer ist auf der Seite zur Trettach. Als es schon dunkel war hab' ich gesehen, dass ein Auto den Weg runterkam, vor der Brücke rechts abbog und kurz anhielt. Dann fuhr es auf den Golfplatz. Ein paar Minuten später kam es zurück und fuhr wieder weg."

„Können Sie mir genauer sagen, wann das war? Das könnte sehr wichtig sein."

Die alte Frau überlegte.

„Das muss nach der Tagesschau gewesen sein. Die schau ich mir immer an, bevor ich ins Bett gehe. Manchmal guck' ich auch noch eine Zeit lang aus dem Fenster. Ich finde es schön zu sehen, wie nach und nach auf den Bergen die Lichter ausgehen, wenn es dunkel wird. Oder das Feuerwerk bei einem Gewitter ist auch schön anzugucken, wenn man nicht im Freien ist."

Die Blitze bei einem Gewitter als Feuerwerk?

'Das kann man auch so sehen', dachte Lisa.

„Und da sah ich die hellen Lichter von dem Auto und wollte sehen, wo es hinfährt. Ich dachte, so spät kommt doch keiner mehr zu uns. Deshalb habe ich genau hingeschaut."

„Wissen Sie, was es für ein Auto war?"

„Ich habe das Auto kaum gesehen, weil man im Dunkeln fast nur die Lichter sieht. Aber es war kein kleines Auto; die roten und die weißen Lichter waren nämlich weit auseinander. Und ich kann mich erinnern, dass es hinten drei rote Lichter hatte. Zwei unten und eins oben. Aber mehr kann ich zu dem Auto nicht sagen."

„Das hilft uns auf jeden Fall", sagte Lisa und dankte der alten Frau für ihre Hilfsbereitschaft.

Als sie auf dem Rückweg waren, berichtete Lisa Tim von dem, was ihr die alte Frau erzählt hatte.

„Ich hatte den Eindruck, dass die Alte noch viel mehr mitbekommt, als ihr Sohn meint", sagte sie. „Die alten Leute werden leider oft unterschätzt, was ihre Wahrnehmung angeht."

„Das stimmt, obwohl ich weiß, dass sie manchmal die Realität, und das, was sie im Fernsehen gesehen haben, durcheinanderbringen. Das vermischt sich bei den Alten, und sie erzählen Dinge als echt, die sie nur aus einem Film kennen. Aber in unserem Fall passt es genau. Der Moosbauer hat den Huber nach Hause gebracht, der wurde dann am Abend umgebracht, zum Golfplatz gefahren und da abgelegt, wo man ihn gefunden hat."

„Das glaube ich auch. Ich frage mich nur, warum man den Huber ausgerechnet auf den Golfplatz gebracht hat. Es wäre doch sicher einfacher gewesen, ihn irgendwo im Straßengraben zu entsorgen."

„Oder mit einem Gewicht an den Füßen in einen See zu werfen", sagte Tim schmunzelnd.

„Dann müssten wir auch das Alibi von Feistus Raclettus[4] prüfen."

„WOW! Kennst du etwa die Asterix-Hefte auswendig?"

„Das nicht, aber mein Vater hat alle Hefte und ich hab' sie auch gelesen. Den Namen Feistus Raclettus habe ich mir gemerkt, weil wir zuhause früher auch öfters Raclette gemacht haben."

„Vielleicht steckt aber auch die Mafia dahinter", sagte Tim.

Er lachte.

„Haben wir die Klischees jetzt alle durch? Spaß beiseite. Ich glaube, wenn wir herausfinden, warum man den Golfplatz als Ablageort für die Leiche gewählt hat, dann kennen wir auch den Täter."

„Wie kommst du darauf?", fragte Lisa.

„Du sagtest zu Recht, dass ein anderer Ort einfacher gewesen wäre. Oft ist es wirklich so, dass die Täter so ein Zeichen setzen wollen, dass also der Fundort eine besondere Bedeutung für Täter und Opfer hat."

Das leuchtete Lisa ein.

Sie überlegte.

„Wenn es kein Zufall war - was im Leben Hubers könnte eine solche Bedeutung haben, dass der Täter darauf hinweisen will?"

Weder Tim noch Lisa fiel auf Anhieb etwas dazu ein.

Dann sagte Lisa:

---

[4] s. Asterix bei den Schweizern: Der Statthalter Feistus Raclettus hatte angeordnet, dass jeder, der bei einer Orgie das dritte Mal sein Stückchen Brot in den Kessel fallen ließ, mit einem Gewicht an den Füßen in den See geworfen wurde.

„Lass uns noch einmal am Golfplatz nachfragen. Vielleicht ist denen etwas aufgefallen, oder sie haben eine Idee, was dahinterstecken könnte."

Der Vorschlag gefiel Tim.

Sie waren gerade an der Ecke, wo der Parkplatz Freibergsee ist.

Tim machte kehrt und sie fuhren zurück bis zum Golfplatz.

Kurz darauf saßen sie in der Cafeteria und sprachen mit Maria.

Tim fragte sie:

„Wenn ich Sie gestern richtig verstanden habe, waren der Huber und der Moosbauer die letzten, die am Samstag auf der Anlage unterwegs waren. Stimmt das?"

„Ja, das war so. Der Moosbauer kam kurz nach halb sechs, um sich abzumelden. Das ist hier Sitte, damit wir wissen, ob noch jemand auf dem Platz unterwegs ist. Wenn die letzten Spieler ihre Runde beendet haben, sage ich dem Greenkeeper Bescheid, dass er ungestört auf der Anlage arbeiten kann, wenn er noch etwas zu tun hat. Am Samstag kam aber das Gewitter auf, und es hatte schon angefangen zu regnen. Er sagte, dass er sich gleich auf den Weg nach Hause macht. Ich bin noch zur Range rüber gegangen - da war auch keiner mehr. Also habe ich das Büro abgeschlossen und Feierabend gemacht. Dann war ich kurz in der Cafeteria; da saßen zwei unserer Mitglieder, die aber auch schon bezahlt hatten und nur noch ihre Gläser leer trinken wollten. Wir sind dann zusammen zum Parkplatz gegangen."

„Haben Sie auf dem Weg dahin etwas gesehen, was ungewöhnlich war?"

Maria schüttelte den Kopf.

Als Tim aufstehen wollte, um sich zu verabschieden, sagte sie:

„Halt, mir fällt doch noch etwas ein, das wichtig sein könnte: Auf dem Weg nach Oberstdorf kam mir ein Auto entgegen, das genauso aussah, wie das vom Moosbauer. Ich dachte schon, er hätte vielleicht etwas vergessen und käme deswegen zurück. Ich konnte das Kennzeichen teilweise erkennen und habe gesehen, dass es nicht der Wagen vom Moosbauer war. Der Moosbauer hat „OA - MM 123", aber der Wagen, der da kam, hatte „OA" und irgendetwas mit „555" dahinter. Das hat mich beruhigt, weil wir eigentlich länger da sind, und ich nicht wollte, dass jemand kommt und vor verschlossenen Türen steht."

„Was für ein Auto hat der Moosbauer denn?"

„Einen weißen Kombi. Welche Marke das ist, weiß ich nicht. Ich glaube, es ist ein Japaner. Aber so gut kenne ich mich mit Autos nicht aus."

Maria stand auf und wollte gehen.

Inzwischen waren mehrere Golfer von ihren Runden zurückgekommen, saßen auf der Terrasse und tranken etwas. Lisa hatte das mitbekommen, weil sie von ihrem Platz aus nach draußen schauen konnte.

Auch in der Cafeteria hatten sich ein paar Leute hingesetzt.

Lisa schaute auf die Uhr; es ging auf ein Uhr zu. Der Magen meldete sich zaghaft und signalisierte, dass es an der Zeit sei, ihm etwas feste Nahrung zuzuführen.

„Kann man bei euch auch ein Mittagessen bekommen?", fragte sie Maria.

„Klar doch", sagte Maria. „Wir haben zwar keine so große Karte, wie die meisten Gaststätten in Oberstdorf, aber es gibt immer mehrere anständige Hauptgerichte."

Lisa schaute Tim an:

„Macht es dir etwas aus, wenn ich hier eine Kleinigkeit esse?"

„Auf keinen Fall."

„Ich schicke euch jemand mit der Karte", sagte Maria und verschwand.

Kurz darauf kam ein Kellner.

„Darf es schon etwas zu trinken sein?"

Tim macht eine Geste in Richtung Lisa, und sie bestellte ein alkoholfreies Radler.

„Für mich bitte auch eins", sagte Tim.

„Ich bin gleich wieder da", sagte der Kellner und ging in die Küche.

Kurz darauf kam er mit drei Tellern zurück und steuerte die Terrasse an.

„Das sieht gut aus", sagte Lisa, die eine dicke Scheibe Fleischkäse mit Bratkartoffeln und Salat gesehen hatte.

Als der Kellner zurückkam, bestellte sie genau das gleiche.

Tim wählte ein Schnitzel mit Pommes und Salat.

Während sie aßen, sprachen sie wenig.

Tim schien keine Lust zu haben, über private Dinge zu reden, und über dienstliche Angelegenheiten wollten sie nicht sprechen, weil inzwischen mehrere Leute an den Nachbartischen saßen.

„Lass uns jetzt zurück nach Oberstdorf fahren", sagte Lisa, als sie fertig waren und ihre Rechnung bezahlt hatten.

Tim schmunzelte.

„Ich finde es lustig, dass du sagst 'nach Oberstdorf', oder wenn die Leute von 'in Oberstdorf' sprechen, obwohl wir hier doch in Oberstdorf sind."

„Das stimmt", sagte Lisa, „da hast du eigentlich Recht. Aber das ist hier so üblich. Wenn die Leute aus den kleinen Siedlungen, die zu Oberstdorf gehören, ins Zentrum fahren oder gehen, dann sagen sie immer 'nach Oberstdorf'."

Sie war kurz still.

Dann sagte sie:

„Ich habe gerade überlegt, sie weit es von uns zuhause aus durchs Trettachtal bis Spielmannsau ist", sagte sie. „Wenn man Spaziergänger-Tempo geht, ist man etwa zwei Stunden unterwegs, wenn ich jogge brauche ich etwa eine dreiviertel Stunde. Ich glaube, es sind ungefähr 9 Kilometer. Aber auch in Spielmannsau ist man noch in Oberstdorf … egal!"

Dann fuhren sie zurück 'nach Oberstdorf'.

Als sie wieder auf der Wache waren, ließ sich Walter berichten, was sie in Erfahrung gebracht hatten.

Dann sagte er zu Tim:

„Eigentlich ist der Fall doch klar: Du sagtest, dass der Moosbauer den Huber zuletzt lebend gesehen hat. Dann muss er der Täter sein! Sonst hätte ihn ja ein anderer, nämlich der, der ihn erschlagen hat, als Letzter lebend gesehen. Oder sehe ich das falsch?"

Tim schüttelte ungläubig den Kopf und murmelte vor sich hin: „Die Quote ist wohl kein Zufall", während sich Lisa köstlich amüsierte und Mühe hatte, nicht laut zu lachen.

Dann gingen sie ins Büro.

4

Sie saßen im Büro, hatten ihre PCs hochgefahren und mit den Recherchen zu Hubers Internetgeschäften angefangen.

Lisa hatte eine der Suchmaschinen aufgerufen.

'Anton Huber online', murmelte sie vor sich hin, während sie die Suchanfrage eintippte.

Es dauerte nicht lange, bis sie die Internetseite Hubers gefunden hatte.

„Hier steht 'Schnitzkunst aus Oberstdorf und erlesene Teegenüsse'", sagte sie.

Tim brach seine eigene Suche ab, kam von der anderen Seite des Schreibtischs herüber und blickte ihr über die Schulter.

Lisa klickte die Schnitzkunst an.

'Handgeschnitzte feine Holzfiguren
aus Oberstdorf zu günstigen Preisen'

„Hier sind ein paar Bilder von geschnitzten Figuren, wie man sie auch hier im Ort in den Auslagen der Geschäfte findet", sagte sie.

„Zu den Preisen kann ich wenig sagen."

„Und was ist mit dem Tee?"

Lisa scrollte zweiter zu den Tees.

„Hier sind verschiedene Teesorten aufgeführt. Kein Tee in Teebeutel, sondern Teeblätter zu Grammpreisen."

Weil Lisa zuhause eher Tee als Kaffee trank, wusste sie, wieviel Gramm Teeblätter man ungefähr für eine Tasse braucht.

Sie rechnete schnell.

„Eine Tasse Tee kommt auf ungefähr zwei Euro", sagte sie dann. „Wenn man überlegt, dass man im Supermarkt für rund 2 Euro je nach Sorte 20 oder mehr Teebeutel bekommt, ist das nicht gerade billig."

„Wer sich's leisten kann", meinte Tim.

Sie schaute weiter.

„Ich sehe gerade, dass er 'Tee aus eigenem Anbau' schreibt."

„Eigener Anbau?", fragte Tim verwundert.

„Ja, das steht hier wirklich."

„Dass man bei uns Kräuter sammelt und zu Teeblättern verarbeitet, ist ja bekannt. Aber 'aus eigenem Anbau'? Ich wüsste nicht, dass irgendwo hier im Allgäu Tee angebaut wird. Das geht doch schon vom Klima her gar nicht. Was kann er damit meinen?"

„Wir sollten demnächst seine Frau fragen."

Lisa scrollte weiter.

„Hier unten in der Ecke ist noch ein kleiner Button:

'Nur für Stammkunden'"

Sie klickte den Button an.

Ein kleines Fenster ploppte auf:

'Bitte melden Sie sich an'

Als Lisa in dem neuen Fenster auf 'Anmeldung' klickte, wurde sie aufgefordert, einen Benutzernamen und ein Passwort einzugeben. Für die Möglichkeit, einen neuen Benutzer anzulegen, wurde man aufgefordert, Kontakt mit dem Anbieter aufzunehmen.

„Da kommen wir wohl nicht weiter", sagte sie.

„Vielleicht doch. Ich rufe eben einen Kollegen in Kempten an, der sich mit so etwas auskennt. Er kann uns sicher helfen", sagte Tim und ging zurück auf seinen Platz.

Lisa holte sich währenddessen in der Küche einen Kaffee.

Als sie zurückkam sagte Tim: „Es wird ein wenig dauern. Der Kollege ist gerade an einer anderen Sache dran, die sehr wichtig und dringend ist. Er will mich spätestens am Abend anrufen. Ich schlage vor, dass wir in der Zwischenzeit zu den Antiquitäten- und Souvenirläden im Ort gehen und die Inhaber befragen, was sie von Hubers Geschäften wissen, und wie sie mit seiner Konkurrenz klarkommen."

„O.K.", sagte Lisa. „Es sind nur ein paar Schritte bis dahin; das sollten wir zu Fuß erledigen."

Tim war einverstanden, und sie gingen über die Hauptstraße und über den Marktplatz zur Oststraße in Richtung Nebelhornbahn.

Hier befinden sich zwei Ladenlokale mit Holzschnitzereien.

Als sie am ersten Laden ankamen, schaute sich Tim die Auslage an.

„Nette Sachen gibt es hier", sagte er. „Ich meine, wenn man auf so etwas steht."

„Ich finde, die Figuren sind wirklich gut gemacht", sagte Lisa. „Es gibt Leute, die sie sich in die Vitrine, auf den Kaminofen oder sonst wo als Deko hinstellen. Hingucker sind es auf jeden Fall. Ich weiß auch, dass hier in Oberstdorf hochwertige Krippen gemacht werden. Die könnte ich mir aber nicht leisten. Ich bin aber auch nicht der Typ für die großen Feste. Mir reicht es, wenn ich an Weihnachten bei meiner Familie bin, und wir die Tage über Ruhe haben."

Sie dachte, dass das ein Anstoß sein könnte, um etwas über Tims Privatleben zu erfahren, aber es war ein vergeblicher Versuch.

Dann gingen sie in den Laden.

Eine nette Frau begrüßte sie.

„Hallo und guten Tag. Was kann ich für Sie tun?"

„Mein Name ist Tim Jung von der Kripo in Kempten und die junge Dame hier ist meine Kollegin aus Oberstdorf."

Lisa war der Frau bekannt vorgekommen.

Sie überlegte.

„Lisa?", fragte sie dann. „Bist du jetzt bei der Kripo? Ich habe zwar mitbekommen, dass du Polizistin werden wolltest, aber dass du bei der Kripo bist, hätte ich nicht gedacht!"

„Da bin ich auch nicht", sagte Lisa. „Ich bin Polizistin hier in Oberstdorf. Aber ich soll den Kommissar bei einem Fall unterstützen."

„Die Kollegin kennt sich hier besser aus als ich, da macht das Sinn", erklärte Tim. „Sie brauchen sich aber keine Sorgen zu machen. Wir wollen nur ein paar Auskünfte, die den Mann betreffen, der am Montag tot auf dem Golfplatz gefunden wurde. Sie haben doch sicher auch schon davon gehört, oder?"

„Klar habe ich davon gehört. Sie sprechen vom Anton Huber hier aus Oberstdorf."

„Richtig. Das ist doch ein Kollege von Ihnen, oder?"

„Kollege? Na ja, Kollege würde ich ihn nicht nennen. Aber warten Sie: Ich hole eben den Chef aus der Werkstatt her. Wenn es um Hubers geschäftliche Aktivitäten geht, kann er Ihnen mehr sagen."

Sie ging nach hinten und kam kurz darauf mit dem Geschäftsinhaber zurück.

Der stellte sich vor:

„Ich bin Michael Schnitzler, Holzbildhauermeister. Was kann ich für Sie tun?"

„Sie haben sicher auch schon gehört, dass ein Kollege von Ihnen tot auf dem Golfplatz gefunden wurde."

„Nennen Sie ihn bitte nicht Kollege", sagte Schnitzler. „Der Huber hat zwar auch Schnitzereien verkauft, aber ihn Kollege zu nennen wäre maßlos übertrieben. Er verkauft zum einen nur übers Internet, und das, was er verkauft, ist weder aus Oberstdorf, noch wirkliches Kunsthandwerk. Kommen Sie mal mit in meine Werkstatt. Da kann ich Ihnen den Unterschied erklären."

Sie gingen nach hinten in die Werkstatt. Man sah sofort, dass hier handwerklich gearbeitet wurde.

Tim begann das Gespräch:

„Ich habe mir Hubers Internetseite angesehen. Da steht 'Handgeschnitzte feine Holzfiguren aus Oberstdorf zu günstigen Preisen'. Stimmt das denn nicht?"

Schnitzler schüttelte den Kopf.

„Soll ich Ihnen erklären, wie dieser Mann seine Kunden legal betrügt? Das ist ganz einfach: Er hat meine Auslagen fotografiert und ein paar Figuren gekauft. Die Fotos und Angaben zu den Maßen der Schnitzereien hat er dann seinem Geschäftspartner in Ostasien geschickt. Der macht jetzt unsere Artikel nach. Er verwendet minderwertiges Holz, zahlt nur niedrige Löhne und kann sich auch noch den kreativen Teil der Arbeit sparen. Dann werden die Objekte hierhergeschickt, der Huber klebt eine eigene Herstellermarke drauf und verkauft die Sachen dann zu Dumpingpreisen übers Internet. Ich habe schon überlegt, gerichtlich gegen seine Geschäftspraktiken vorzugehen, aber er macht das so geschickt, dass rechtliche Schritte gegen ihn keinen Erfolg haben dürften."

„Können Sie mir das genauer erklären?"

„Gerne. Er wohnt ja auf Oberstdorfer Gemeindegebiet. Wenn er also schreibt 'aus Oberstdorf' stimmt das, zumindest aus juristischer Sicht. Die Sachen werden zwar nicht hier hergestellt, aber von hier aus verkauft; 'aus Oberstdorf' ist also nicht gelogen. Wenn er schreiben würde 'geschnitzt in Oberstdorf', dann könnte ich gegen ihn vorgehen. So aber nicht. Dann die Angabe 'feine Holzfiguren'. Diese Formulierung ist extra so gewählt, weil es eine subjektive Aussage ist.

Die meisten Leute stellen sich solche Sachen aber eh nur irgendwo als Deko hin. Dann ist es egal, ob es wirklich Kunsthandwerk ist. Hauptsache, es sieht schön aus und ist nicht teuer.

Erinnern Sie sich an den Slogan einer deutschen Firma für Elektrogeräte und anderen elektronischen Kram? Der hieß 'Geiz ist geil'. Das ist es! Es soll nach etwas aussehen, darf aber nicht viel kosten. Das ist die heutige Zeit. Seinen Kunden fällt erst auf, dass sie übers Ohr gehauen wurden, wenn sie die Sachen wieder verkaufen wollen. Ein fachkundiger Mensch erkennt sofort, um was es sich wirklich handelt. Aber dann ist es zu spät."

Schnitzler hatte sich etwas in Rage geredet, was aus Sicht der beiden Polizisten verständlich war.

„Ich verstehe", sagte Tim. „Schadet er Ihnen denn mit seiner Tätigkeit sehr?"

„Finanziell kann ich seine Konkurrenz verkraften. Was mich aber stört ist, dass auch der Ruf der echten Schnitzkunst aus Oberstdorf darunter leidet. Wir sind ein alteingesessenes Familienunternehmen, ich habe einen Meistertitel und arbeite händisch und kreativ. Das ist bei dem Kram vom Huber natürlich anders.

In meinem Webshop im Internet biete ich deshalb neuerdings meine Produkte mit dem Zusatz 'Handwerkskunst hergestellt von Meisterhand in Oberstdorf' an.

Die Corona-Krise war für mich übrigens viel schlimmer, als die Konkurrenz vom Huber, weil nur noch wenige Touristen herkamen. Ich bin aber über die Runden gekommen."

„O.K.", sagte Tim. „Eine Frage habe ich noch. Wo waren Sie am Samstagabend?"

„Glauben Sie etwa, dass ich etwas mit Hubers Tod zu tun habe? Die Idee können Sie knicken. Ich war zuerst in einem Lokal und habe mich mit Freunden getroffen. Danach war ich zuhause. Das können Ihnen meine Freunde und meine Frau auf jeden Fall bestätigen."

„Danke für das offene Gespräch und Ihre Informationen. Ich werde wieder auf Sie zukommen, wenn ich weitere Informationen brauche", sagte Tim, und sie gingen zu dem zweiten Laden.

Dort war es ähnlich.

Auch der Inhaber im zweiten Laden fand Hubers Konkurrenz eher störend als schädigend.

Tim wunderte sich, dass beide Inhaber den gleichen Nachnamen hatten.

„Sind die beiden miteinander verwandt?", fragte er, als sie wieder auf der Straße waren.

„Ich glaube ja", sagte Lisa, „aber ich kann es dir nicht genau sagen. Aber im Prinzip sind wir doch alle miteinander verwandt; es kommt doch nur darauf an, wie viele Generationen man zurückgeht. Es sei denn, das, was in der Bibel steht, ist gelogen. Spaß beiseite: Vielleicht weiß Walter mehr. Wir sollten ihn fragen, wenn wir zurück sind.

Es gibt übrigens in der Metzgerstraße noch einen Laden mit Holzkunst. Sollen wir bei dem auch noch nachfragen? Wir kommen eh fast da vorbei."

„Machen wir!"

Auch in diesem Laden sah man die Geschäfte Hubers zwar kritisch, aber nicht existenzbedrohlich.

Der Inhaber hatte ebenfalls ein glaubhaftes Alibi.

Sie gingen zurück in Richtung der Wache.

Eins war Tim klar: Auch wenn es auf den ersten Blick nicht so aussah, als käme einer der Befragten als Täter in Frage - der Kreis der Verdächtigen war aus seiner Sicht nicht geschrumpft.

Als sie wieder auf der Wache angekommen waren, ging Lisa zuerst aufs Örtchen. Dann ging sie in die Küche und machte sich einen Tee. Als sie ins Büro zurückkam, hatte Tim auf seinem PC die Seite mit den Tees aufgerufen und wartete auf sie.

„Schau her", sagte er triumphierend und zeigte ihr die Stammkundenseite.

„WOW", sagte Lisa. „Das sieht aber nicht nach Tee aus. Das ist doch eher was zum Rauchen!"

„Richtig", sagte Tim. „Ich kann mir denken, dass der Huber mehr Geld mit seinen 'Spezialtees' verdient hat, als mit den Schnitzfiguren und den Teeblättern."

Lisa nickte.

„Wie bist du auf die Seite gekommen?"

„Mein Kollege hat eben angerufen und mir gesagt, wie man die Anmeldung umgehen kann. Das ist gar nicht so schwierig, wenn man einen Trick kennt", sagte er.

„Damit kommen jetzt noch ganz andere Leute als Täter in Betracht", sagte Lisa, ging wieder an ihren Platz und trank einen guten Schluck aus ihrer Tasse.

„Aber an die ranzukommen ist nicht so einfach, wie das mit der Stammkundenseite", sagte Tim. „Wenn ich mich nicht sehr, sehr irre, braucht man einen richterlichen Beschluss, um ein Kundenverzeichnis oder so etwas knacken zu dürfen."

„Stimmt, da sind die Hürden ziemlich hoch", sagte Lisa.

„Meinst du, dass einer seiner Kunden ihn umgebracht hat? Ich denke, die sind eher froh, wenn sie bei jemandem diskret einkaufen können. Und ich glaube kaum, dass sie den Huber persönlich kennen. Normalerweise gehen diese Geschäfte doch komplett online als Versandgeschäft über die Bühne."

„Das stimmt. Es könnte aber doch auch sein, dass es Probleme mit dem Bezahlen oder der Lieferung gegeben hat. Vielleicht ist einem der Kunden die Sicherung durchgebrannt."

„Das könnte auch sein. Wenn einer richtig zugedröhnt ist, kann alles passieren."

„Ich schlage vor, dass wir uns gleich mit dem Alibi der Witwe beschäftigen. Ich glaube zwar nicht, dass sie etwas mit seinem Tod zu tun hat, aber es wäre grob fahrlässig, es nicht zu tun. Wie siehst du das?", fragte er.

„Du meinst die Witwe Huber, oder?"

„Klar! Wen sollte ich sonst meinen?"

„Naja, es gibt auch noch die Witwe Maier und die Witwe Bauer."

„Wer sind denn die beiden anderen Witwen?"

„Das sind die zwei Freundinnen, mit denen die Bettina Huber am Wochenende wandern war."

„Die zwei Freundinnen sind auch Witwen?"

Tim war mehr als erstaunt.

„Wie kommt das?"

„Ganz einfach: Die Eine ist die Witwe von dem Mann aus einem ungeklärten Mordfall, der uns die Quote versaut hat, und die andere ist Witwe, weil ihr Mann mit reichlich Alkohol im Blut den Berg runtergefallen ist. Das sind aber Fälle aus der Zeit, wo ich noch in der Ausbildung war. Wenn du dazu genaueres wissen willst, musst du Walter fragen. Der kennt die Stories."

„Meinst du, dass er jetzt Zeit dafür hat?"

„Ich frag' ihn mal."

Lisa rief Walter an.

„Er sagt, dass es im Moment ruhig ist, und er Zeit hat, uns die Geschichten zu erzählen. Wir sollen einfach zu ihm runter kommen."

5

Als sie zu Walter kamen, hatte dieser schon die Akte 'Bauer' geholt und legte sie Tim vor, der sofort begann, sie durchzusehen.

„Hier steht, dass der Klaus Bauer sowohl im Schützenverein war, als auch eine Jagd gepachtet hatte. Und dass er nachts auf seinem Hochsitz erschossen worden ist."

Es las weiter.

„Mit seinem eigenen Gewehr."

Tim blickte Walter an.

„Wie ging das denn?"

„Lies doch weiter!"

„Das Gewehr, mit dem er erschossen wurde, war anscheinend das beste, das er hatte, und war gestohlen worden. Keine Einzelheiten", sagte Tim und schaute Walter hilfesuchend an.

„Die Einzelheiten kann ich dir geben", sagte Walter.

„Wir haben nach der Tat seine Waffen überprüft. Er hatte mehrere Gewehre angemeldet; zwei davon fehlten: das, mit dem er erschossen wurde, und das, das er mit auf den Hochsitz genommen hatte. Der Täter kannte sich anscheinend mit Waffen aus und hat sich das beste Gewehr für die Tat ausgesucht."

„Das kann kein Amateur gewesen sein."

„Das glauben wir auch."

„Wie konnte man das Gewehr denn einfach klauen?", fragte Tim. „Waffen müssen doch besonders gesichert aufbewahrt werden."

„Das ist richtig", sagte Walter.

„Aber der Bauer hat die Vorschriften nicht sonderlich ernst genommen. Deshalb war er auch schon einmal 'streng ermahnt' worden, wie man es offiziell nennt. Das hat ihn anscheinend nicht gejuckt. Das Vorhängeschloss an dem Schuppen, in dem sein Waffenschrank gestanden hat, konntest du mit einem gebogenen Draht öffnen - wenn er ihn denn mal abgeschlossen hatte. Drinnen waren direkt neben der Tür Haken an der Wand, wo die Hosen und Jacken hingen, die er auf der Jagd oder im Garten anzog. An einem der Haken hing auch der Schlüssel für den Waffenschrank. Er hatte zwar eine Jacke drüber gehängt, damit man den Schlüssel nicht direkt sah, aber eine gesicherte Aufbewahrung war das nicht."

„Sehr leichtsinnig", sagte Tim und schüttelte den Kopf. „In diesem Fall sogar tödlich leichtsinnig."

„Gab es Verdächtige?"

„Nicht nur Verdächtige", sagte Walter, „es gab sogar ein Bekennerschreiben des Mörders. Er hatte das Gewehr neben dem Hochsitz abgelegt und einen Zettel dazugelegt, auf dem stand:

'Wer unschuldige wehrlose Tiere heimtückisch abknallt hat gleiches verdient'

An dem Gewehr gab es keine verwertbaren Spuren; der Täter hatte Arbeitshandschuhe getragen, wie man sie in jedem Baumarkt bekommt. Wir vermuten, dass es ein durchgeknallter, selbsternannter Tierschützer war, der keine Ahnung davon hat, dass die Jagd heutzutage sogar notwendig ist, um den Wildbestand in einem natürlichen Maß zu halten."

Als Tim ihn wieder fragend ansah erklärte Walter es ihm genauer:

„Weil die Wildtiere keine natürlichen Feinde wie den Wolf mehr haben, vermehren sie sich ohne die Bejagung so schnell, dass sie große Schäden anrichten. Das ist Vielen gar nicht bekannt. Man muss sie bejagen!"

Lisa lächelte. Sie dachte daran, dass es ohne die Jagd weder Wildschweinbraten noch Rehragout gäbe. Dabei war beides so lecker!

Währenddessen hatte Tim weitergelesen.

„Hier steht, dass das Bekennerschreiben handschriftlich verfasst war. Konnte man mit der Handschrift etwas anfangen?"

„Nein", sagte Walter, „die Handschrift konnte keinem der Verdächtigen zugeordnet werden."

„Welche Verdächtigen außer diesem unbekannten Tierschützer gab es denn noch?"

„Wir haben alle in den Kreis der Verdächtigen aufgenommen, die von Bauers Tod einen Vorteil gehabt haben könnten. In der Akte ist hinten eine Liste aller Personen, die als Täter in Frage kamen, mit den Ergebnissen der Untersuchungen."

Tim las weiter.

„Oh", sagte er, „das ist ja interessant. Er hatte sich auf dem Hochsitz mit einer jungen Frau getroffen."

„Richtig", sagte Walter, „und du kannst davon ausgehen, dass sie sich nicht zum Kartenspielen getroffen haben. Willst du die ganze Geschichte hören, oder nur das, was letztendlich in den Akten festgehalten wurde?"

„Die ganze Geschichte."

Walter legte los:

„Der Bauer hatte ein mittelgroßes Hotel hier in Oberstdorf. Um das Geschäftliche brauchte er sich nicht zu kümmern; das machte der Geschäftsführer für ihn. Was ihn aber nicht davon abhielt, immer mal wieder nach dem Rechten zu schauen. Ich glaube, dabei ging es ihm aber eher darum zu sehen, ob unter den weiblichen Mitarbeiterinnen Beute für ihn war. Der Bauer war nämlich ein Schürzenjäger, wie er im Buche steht. Vor allem auf die weiblichen Auszubildenden hatte er es abgesehen. 'Frischfleisch' nannte er sie. Zu der Zeit, als er erschossen wurde, hatte er gerade eine Affäre mit einer Auszubildenden. Als seine Frau davon erfuhr, war sie natürlich stinksauer und hat ihm Vorwürfe gemacht. Da muss er ihr gesagt haben:

'Wenn du nicht damit einverstanden bist, wie ich mein Leben lebe - lass dich doch scheiden. Dann kannst du wieder putzen gehen!'

Seine Frau war nämlich früher auch in dem Hotel angestellt. Da war er noch Single. Er hat sie geschwängert und seine Eltern haben ihn dazu verdonnert, sie zu heiraten. Aus dem erhofften Nachwuchs wurde aber nichts. Sie hatte mehrere Fehlgeburten."

„Die Arme", sagte Lisa.

Walter nickte.

„Danach hat er sie erst recht runtergemacht. Alles, was schiefging, war sie schuld. An dem Abend, als der Mord passierte, hatten sie sich wieder einmal heftig gestritten. Die Martha ist dann zu ihren Eltern gegangen, um sich trösten zu lassen, und danach zu einer Freundin."

„Zu einer der Witwen?"

„Richtig! Sie war die Nacht über bei der Anna Maier."

Lisa erinnerte sich.

„Das ist doch die Frau vom Norbert Maier, der den Berg runtergefallen ist, oder?"

„Richtig", sagte Walter.

„Das heißt, sie hat ein Alibi, wenn man den Beiden glauben kann", sagte Tim.

„Das stimmt. Zurück zum Fall Bauer. Die Auszubildende, mit der er an dem Abend zu Gange war, hat am nächsten Tag erfahren, dass ihr Chef erschossen worden war. Sie hat zuerst gezögert, ist dann aber zu uns gekommen, um auszusagen. Sie sagte, sie habe sich gegen 11 abends mit dem Bauer auf dem Hochsitz getroffen, und sie hätten auch Sex miteinander gehabt. Gegen Mitternacht ist sie gegangen, weil sie am nächsten Tag wieder früh auf der Arbeit sein musste. Er ist dortgeblieben. Er hatte ihr gesagt, dass er noch eine Wildsau erlegen will und dass es nicht mehr lange dauert, bis die aus ihren Verstecken kommen. Sie hat sich auf ihr Fahrrad gesetzt und ist rüber nach Rubi gefahren, wo sie wohnt. Als sie bald zuhause war, hat sie aus der Ferne einen Schuss gehört und gedacht, er hätte wirklich ein Wildschwein geschossen. Dass er selbst das Opfer war, wusste sie da noch nicht."

Tim hatte weitergelesen.

„Hier steht, dass in dieser Nacht der Himmel klar und es fast Vollmond war, so dass man nicht einmal eine Taschenlampe gebraucht hätte, wenn man im Wald unterwegs war. Hätte der Bauer den Mörder da nicht bemerken müssen?"

Walter schüttelte den Kopf:

„Wenn sich der Mörder angeschlichen hat, während sich die Beiden auf dem Hochsitz vergnügt haben, wohl nicht. Und er hatte sich doch das beste Gewehr ausgesucht, als er es geklaut hat. Ich glaube, mit so einem Gewehr trifft ein guter Schütze bei diesen Bedingungen selbst dann noch problemlos, wenn er über 50 Meter weit weg ist."

„Der Mörder muss aber trotzdem ein guter Schütze gewesen sein."

„Davon ist auszugehen. Wir haben zwar alles unternommen, um ihn zu schnappen, aber es war aussichtslos."

„Mal angenommen, das mit dem Alibi seiner Frau wäre eine Schutzbehauptung ihrer Freundin - könnte Martha Bauer selber die Täterin gewesen sein?"

„Auf keinen Fall. Ich erklär' dir warum:

Unser früherer Chef kennt ihren Vater, den Ferdinand Schmitter, sehr gut und hat ihn befragt. Der Ferdinand war selber mehrmals Schützenkönig. Er sagte, er hatte seine Tochter im Schützenverein angemeldet, als sie noch ein Teenager war und gedacht, ihr damit eine Freude zu machen. Sie hatte aber überhaupt kein Interesse am Schießen und ist nur ihrem Vater zuliebe im Verein geblieben. Geschossen hat sie so gut wie nie; und wenn, dann ganz schlecht. Ich glaube, sie hätte nicht mal aus zehn Metern einen Möbelwagen getroffen. Der Ferdinand hat dem Sepp"…

Walter unterbrach seine Ausführungen.

„… ich meine unserem alten Chef erklärt, warum das so war. Er hat gesagt:

'Stell' dir vor, die Martha richtet das Gewehr einigermaßen gerade auf die Scheibe aus, macht dann die Augen zu und drückt ab.'"

„Das sind keine gute Voraussetzungen, um etwas zu treffen", sagte Tim.

Lisa stimmte ihm zu und sagte: „Ich wüsste auch noch einen Grund, warum die Martha es nicht gewesen sein kann. Eine der Freundinnen meiner Schwester ist eine gute Biathletin und auch im Schützenverein. Sie sagt, dass der Rückstoß bei einem Jagdgewehr sehr stark ist.

Ein Leichtgewicht wie die Martha würde bei einem Schuss rückwärts umfallen, und der Schuss in den Wolken landen."

Tim fragte Walter:

„Sind hier in Oberstdorf viele Frauen im Schützenverein, oder eher nur wenige?"

Walter war auch öfter bei den Schützen zu Gast. Vor allem natürlich beim Schützenfest, oder sonst, wenn es etwas zu feiern gab. Er rechnete im Kopf durch.

„Wenn ich mich nicht vertue, dann sind etwa zwei Dutzend Frauen im Schützenverein, von denen aber die meisten inaktive Mitglieder sind."

„Ist eine der beiden Freundinnen der Bauer im Schützenverein?", fragte Tim.

„Ja, die Anna ist dabei", sagte Walter. „Zurück zu dem Mord auf dem Hochsitz: Obwohl die Martha es nicht gewesen sein kann, haben wir trotzdem auch ihre Handschrift mit der von dem Bekennerschreiben vergleichen lassen. Es gab keine Übereinstimmung. Damit fiel die Martha als Verdächtige natürlich raus."

Lisa hatte währenddessen gemerkt, dass sie von den Kollegen anscheinend doch nicht alles erzählt bekommen hatte, was die Vergangenheit anging. Dass sie den alten Chef 'Sepp' genannt hatten, war ihr noch unbekannt. Vielleicht durfte ja nur Walter ihn so ansprechen. Sie nahm sich vor, ihn in einer ruhigen Stunde einmal darauf anzusprechen.

Aufgefallen war ihr auch, dass Walter zwar gesagt hatte, dass eine der Freundinnen, die Anna, auch im Schützenverein war, aber nicht näher darauf eingegangen war.

Gab es bei dem Fall doch noch Ungereimtheiten?

Walter sagte noch:

„Der Fall Bauer hat unseren damaligen Chef, den Josef Hammer, nie losgelassen, weil er es einfach nicht wahrhaben wollte, dass jemand umgebracht wurde, und er den Täter nicht schnappen konnte, er also einen nicht geklärten Mordfall zurücklassen musste. Er hatte sich das Ende seiner Dienstzeit sicher anders vorgestellt. Aber du musst dich als Polizist wohl daran gewöhnen, dass nicht alles hundertprozentig klappt."

Tim schaute auf die Uhr.

„Schaffen wir es bis zum Feierabend noch, dass du mir die Geschichte mit dem Mann, der vom Berg gefallen ist, erzählst? Es ist zwar kein Fall im eigentlichen Sinn, aber mir schwant da etwas. Wäre das O.K.?"

„Das schaffen wir", sagte Walter und legte los.

„Die Anna Maier, das ist eine echt starke Frau. Sie ist nicht nur über einsachtzig groß, sie hat auch richtig Muckis. Sie geht regelmäßig ins Studio und war auch schon ein paarmal auf dem Oktoberfest in München als Bedienung. Ein Dutzend Maßkrüge zu tragen war für sie normal. Aber ihr Mann Norbert war auch kräftig."

„Beim Trinken, soweit ich gehört habe", streute Lisa ein. Walter nickte. „Das war wohl auch der Grund, warum er vom Berg gefallen ist. Du musst wissen", sagte er zu Tim, „das mit dem Oktoberfest war immer nur etwas für ein paar Tage. Die Anna hatte es eigentlich finanziell nicht nötig, aber sie hatte ein Problem damit, dass sie in eine wohlhabende Familie eingeheiratet hatte, was ihr Mann ihr wohl auch des Öfteren an die Nase geschmiert hat, wenn er wieder einmal gut gezecht hatte. Dazu kam, dass er nicht nur Alkoholiker war, sondern auch angefangen hatte, die Automatenaufsteller in der Spielhalle neben dem Bahnhof reich zu machen."

Tim hatte aufmerksam zugehört.

„Aha! Und wie ist dieser Wanderunfall passiert?"

„Die Anna hat in der Saison ab und zu sonntags an einer Berghütte als Bedienung ausgeholfen. An einem der Sonntage war der Norbert mitgekommen, hat sich ein paar Halbe reingeschüttet, während sie gearbeitet hat, und wollte danach mit ihr zusammen den Steig in Richtung Oytal runtergehen. Sie wäre lieber zurück zum Höfatsblick gegangen und mit der Seilbahn gefahren; aber er maulte rum und sagte, dass er keine Lust hätte, lange an der Seilbahn anzustehen. Außerdem hätte er sich mit Freunden im Oytalhaus verabredet."

Lisa fragte Tim:

„Kennst du dich mit den Wegen hier aus?"

Tim schüttelte den Kopf.

„Ich bin ich Augsburg aufgewachsen. Meine Eltern haben zwar einige Ausflüge in die Berge mit uns unternommen, und ich war auch einmal auf dem Nebelhorn, aber das ist lange her. Ich glaube, da war ich noch nicht in der Schule."

Lisa mir ihrem Heimvorteil erklärte es ihm.

„Wenn du zum Nebelhorn hochfährst, kommst du zum Höfatsblick. Der liegt südlich vom Nebelhorngipfel auf knapp 2000 Metern Höhe. Früher musste man unterwegs an der Seealpe noch einmal umsteigen; aber seitdem die Bahn erneuert worden ist, hält sie dort nur kurz an, damit Leute ein- und aussteigen können. Das letzte Stück nach oben geht's dann mit der Gipfelbahn weiter. Wenn man nicht mit der Seilbahn wieder nach Oberstdorf runterfahren will, kann man vom Höfatsblick aus über einen Fahrweg zur Talstation runtergehen. Wenn du schnell auf den Beinen bist, schaffst du das in weniger als zwei Stunden. Manche joggen regelrecht runter; die schaffen es in ungefähr einer Stunde. Dann gibt es noch eine Route vom Gipfel aus in Richtung Rubi, aber das ist ein sehr langer Weg, auf dem man bis Oberstdorf etwa vier bis fünf Stunden braucht. Die eigentlich einzige sinnvolle Alternative ist, über den Zeigersattel ins Oytal absteigen. Der Weg ist deutlich länger, als durch das Faltenbachtal, wo die Seilbahn fährt. Etwa zwei Stunden bis zum Oytalhaus und dann noch einmal eine Stunde bis Oberstdorf. Der Weg ist aber auch gefährlich. Für Ungeübte, Leute, die Höhenangst haben, oder aus anderen Gründen wackelig auf den Beinen sind, ist er auf keinen Fall geeignet."

„Bei dem Norbert hat man hinterher 1,5 ‰ festgestellt, fügte Walter hinzu. „Für ihn war der Weg ins Oytal an diesem Tag definitiv nicht geeignet. Er wollte aber unbedingt diesen Weg gehen, weil er sich - wie ich schon sagte - im Oytalhaus mit Freunden zu einem Bier verabredet hatte."[5]

Lisa schaute Walter fragend an.

„Hast du gesagt 'ein Bier'? Ich habe da anderes gehört. Wenn der Norbert wirklich nur ein Bier trinken wollte, dann musste man ihm einen sehr großen Krug geben - mindestens 3 Liter!"

„Das stimmt", sagte Walter. „Der Norbert auch soll vier bis fünf Maß geschafft haben, ohne zwischendurch auf das WC zu gehen."

Tim war beeindruckt.

---

[5] Ihr könnt den Abstieg über den Gleitweg auch gerne mit Flip-Flops oder ein paar Halben im Bauch probieren.
  Wir sehen uns!
  Norbert

„Ich habe so etwas auch schon gehört und mich dann immer gefragt, ob man mich veräppeln will, oder ob es wirklich Leute gibt, die eine so große Blase haben."

„Man sagt doch: Die Leber wächst mit ihren Aufgaben", sagte Walter schmunzelnd, „die Blase aber anscheinend auch."

„Spaß beiseite", sagte Tim. „Wie wollten der Norbert und die Anderen denn am Abend wieder runter nach Oberstdorf kommen? Zu Fuß bestimmt nicht, oder?"

„Richtig. Sie hatten einen Fahrdienst organisiert. Wenn man ein paar braune Scheine nur fürs Essen und Trinken ausgibt, dann macht das Geld für den Fahrdienst den Kohl auch nicht fett.

Egal!

Nachdem seine Freunde lange auf den Norbert gewartet hatten, haben sie versucht, ihn anzurufen; aber er ging nicht ans Telefon. Kurz darauf kam die Anna. Sie war fix und fertig und erzählte, dass der Norbert so schnell gelaufen war, dass sie ihm kaum folgen konnte. Kurz hinter Mäxeles Egg, das ist ein Aussichtspunkt, wird es ziemlich steil. Da ist er wohl auf einen lockeren Stein getreten, hat den Halt verloren und ist einige Meter den Berg runtergepurzelt. Die Anna hat sofort die Bergrettung alarmiert, die mit einem Hubschrauber kam. Der Notarzt, der dabei war, konnte Norbert aber nicht mehr helfen. Er war mit dem Kopf auf einen Stein geknallt. Schädelbruch, Ende, Aus."

„Meine Schwester kennt die Anna ziemlich gut, sagte Lisa. „Sie war am Boden zerstört."

„Das kann ich mir denken. Ein wirklich tragisches Ende", sagte Tim.

„Der Anna ging es echt dreckig. Sie hat sich nach der Beerdigung erst einmal ein paar Wochen völlig zurückgezogen. Erst danach konnte man wieder einigermaßen normal mit ihr reden. Ich glaube, sie war auch in psychologischer Behandlung."

Tim schüttelte den Kopf.

„Also sind diese drei Freundinnen jetzt alle Witwen."

„Richtig", sagte Walter. „Im Dorf gibt es ein paar Lästermäuler, die, wenn sie reichlich getrunken hatten, schon Wetten abgeschlossen hatten, wie lange der Huber wohl noch lebt."

„Ziemlich taktlos", sagte Lisa, „aber das ist jetzt ja wohl vorbei."

Tim fasste für sich noch einmal zusammen.

„Wir haben also schon ein paar Leute, die als Täter in Frage kommen, denen wir die Tat aber nicht zutrauen, und die außerdem mehr oder weniger gute Alibis haben. Bleibt im Moment nur noch die Sache mit den 'Spezialtees', also dem illegalen Handel mit Drogen. Wer könnte da in Frage kommen?"

„Im Prinzip kommen alle Kunden und sein Lieferant in Frage. Ich nehme nicht an, dass er selber hier irgendwo Tee angebaut hat. Und den 'Spezialtee' erst recht nicht. Oder wie seht ihr das?", fragte Walter.

„Er hat auf seiner Internetseite geschrieben, dass sein Tee aus eigenem Anbau ist. Ich glaube aber kaum, dass das auch für die 'Spezialtees' gilt", sagte Lisa.

Tim hatte eine Idee.

„Kannst du morgen noch einmal zu der Bettina Huber fahren und sie fragen, ob sie eine Ahnung hat, woher er seine Ware hatte?", sagte er zu Lisa. „Vielleicht kennt sie ja auch das Passwort für seinen PC und weiß, wie man an seine Kundenliste herankommt. Notfalls müssen wir seinen PC als Beweismittel einkassieren. Ich denke, meine Kollegen in Kempten haben Möglichkeiten, an seine Daten zu kommen. Vielleicht kommen wir dann weiter."

Lisa hatte schon bei dem ersten Besuch bei Bettina Huber das Gefühl gehabt, dass Tim sich vor manchen Aufgaben gerne drückte, stimmte aber zu.

„Ich fahre morgen früh noch einmal zu ihr. Wann kann ich hier mit dir rechnen?"

„Ich komme gleich nach dem Frühstück", sagte Tim und verabschiedete sich.

Bevor Lisa sich auf den Heimweg machte, ging sie noch einmal zu Walter.

Der Chef war auch rübergekommen.

„Und, wie macht sich der junge Jung?", fragte Fingerhut.

„Er geht die Sache konzentriert und systematisch an", sagte Walter. „So, wie man es in der Ausbildung lernt."

„Und wie ist er sonst so drauf?", fragte Fingerhut Lisa.

„Er ist ziemlich verschlossen, wenn es um private Dinge geht", sagte sie. „Ich konnte ihm bisher nur entlocken, dass er Sonne, Strand und Meer eher mag, als die Berge. Aber ich weiß nicht einmal, ob er in einer Beziehung ist oder noch bei seinen Eltern wohnt, also fast gar nichts."

„Interessiert dich das denn?"

„Weniger. Aber ich finde es leichter, mit jemandem zusammenzuarbeiten, zu dem man eine gewisse Nähe hat. Ein 'Du' allein hilft da wenig."

„Na ja, vielleicht kommt das noch. Ihr arbeitet doch erst seit ein paar Stunden miteinander."

Walter fiel noch etwas ein:

„Ich hatte das Gefühl, dass er die Geschichten mit dem Bauer und dem Maier noch nicht abgehakt hat. Wahrscheinlich wittert er bei dem Maier ein Verbrechen, das als Unfall getarnt wurde. Und bei dem Bauer habe ich das Gefühl, dass er die Geschichte mit dem 'Tierschützer' auch nicht so richtig glaubt. Mal sehen, was er noch aus dem Hut zaubert. Also, dann bis morgen!"

Auf dem Heimweg kam Lisa ihre Schwester Laura entgegen.

„Hi! Wo geht's hin?", fragte Lisa.

„Ich habe mich mit der Hanni verabredet. Wir wollen nach Sonthofen ins Wonnemar[6] fahren, ein bisschen Plantschen und dann noch in die Sauna", sagte Laura.

„Was macht eigentlich der Tote vom Golfplatz?"

„Der liegt in der Kühlkammer und wartet darauf, auf dem Friedhof eingebuddelt zu werden."

„Willst du mich veräppeln? Ich meine, was eure Recherchen angeht. Ich habe gehört, du bist mit einem Kommissar aus Kempten zusammen unterwegs. Einem jungen Mann, der auch noch attraktiv aussehen soll. Und ihr wart sogar zusammen essen!"

Lisa lachte.

„Woher weißt du das denn schon wieder? Immer das gleiche. Ihr interessiert euch nur dafür, wer wann mit wem, und so. Wie deine Mutter!"

Jetzt lachte Laura auch.

„Ist doch klar. Wenn du mit einem netten jungen Mann unterwegs bist, um einen Mordfall aufzuklären, ist der

---

[6] Erlebnisbad in Sonthofen

junge Mann doch interessanter als der Mordfall! Aber mal im Ernst: Meinst du, dass ihr den Mörder kriegt? Nicht dass alle Ermittlungen wieder im Sande verlaufen, wie das bei dem Klaus war."

„Bei dem Klaus ist doch alles klar. Es weiß zwar keiner, wer die Flinte geklaut und ihn erschossen hat, aber im Sande verlaufen ist das nicht."

„Stimmt. Und wie ist der junge Kommissar sonst so?"

„Er ist ein netter junger Mann, wie du schon gesagt hast, aber unsere Zusammenarbeit ist rein dienstlich. Über private Dinge haben wir uns noch so gut wie gar nicht ausgetauscht."

Zum Abschied sagte Laura:

„Morgen Nachmittag treffe ich mich wieder mit meinen Freundinnen in der Dampfbierbrauerei. Es wär' schön, wenn du mal wieder dazu kommen könntest. Die Mädels sind doch alle heiß darauf zu erfahren, wer der junge Mann ist, mit dem sie dich gesehen haben."

„Mal sehen, ob ich es einrichten kann", sagte Lisa.

Als sie nach Hause kam, war niemand da. Ihre Mutter hatte einen Zettel auf den Küchentisch gelegt:

'Ich bin bei Johanna'.

Johanna war eine ehemalige Schulkameradin ihrer Mutter. Die Beiden und noch zwei andere Damen trafen sich regelmäßig dienstags zum Kaffeetrinken. Wenn es viel zu erzählen gab, dann wurde es auch schon einmal spät. Die Damen tauschten beim Kaffeetrinken, wozu natürlich auch das eine oder andere Stück Kuchen gehörte, die Neuigkeiten der Woche aus, schauten sich danach gemeinsam 'Brisant' an, dann wurde der Kaffee wegge-stellt, und ein Gläschen Sekt kam auf den Tisch. Wenn nicht aus irgendeinem Grund schlechte Stimmung war, folgte ein zweites Gläschen, ein drittes …

Lisa und ihr Vater wussten, dass es dienstags kein selbst gekochtes Essen gab, und meistens brachte Wolfgang auf dem Heimweg etwas mit. Weil er heute Appetit auf ein schönes italienisches Nudelgericht hatte, hatte er den Weg bis zum 'Alberto' auf sich genommen und sich etwas einpacken lassen.

Wolfgang aß gerne die 'Spaghetti carbonara', während Lisa die 'Spaghetti bolognese' bevorzugte. Sie hatte zwar schon ein Mittagessen auf dem Golfplatz gehabt, aber ein paar Nudeln als Abendessen nahm sie trotzdem gerne.

Sie ließen es sich schmecken, wobei Lisa froh war, dass es nicht so viel gab wie sonst, wenn ihre Mutter gekocht hatte. Obwohl sie sich keine Sorgen um ihre Figur machen musste.

Als Wolfgang mit dem Essen fertig war fragte er:

„Konntest du meine Infos schon gebrauchen?"

Lisa schüttelte den Kopf.

„Bisher noch nicht wirklich. Huber schreibt zwar auf sel-ner Internetseite, dass sein Tee aus eigenen Anbau sei, aber weil Tim, der Kommissar, nicht näher darauf einge-gangen ist, habe ich die Infos zu der Halle erst mal zu-rückgehalten. Wir haben übrigens herausgefunden, dass der Huber nicht nur Tee und Holzfiguren verkauft hat, sondern auch noch etwas anderes, etwas delikates."

„Wozu du mir wahrscheinlich noch nichts sagen darfst."

„Richtig. Wenn ich jetzt 'Hasch' sage, hast du es nicht ge-hört. O.K.?"

Wolfgang staunte nicht schlecht und schmunzelte.

„Habe ich nicht gehört! Ob die Halle auch damit etwas zu tun hat?"

„Huber schreibt ja auf seiner Internetseite über seinen Luxus-Tee, dass er aus eigenem Anbau sei. Vielleicht hat er in der Halle nicht nur Teepflanzen, auch ein paar Cannabispflanzen. Ich werde Tim bei einer passender Gelegenheit daran erinnern. Vielleicht sind wir morgen so weit. Etwas anderes:

Kennst du eigentlich die alte Bader aus Dietersbach?"

„Klar kenne ich die Helga", sagte Wolfgang. „Sie macht zwar den Eindruck, als wäre sie schon senil, aber das stimmt nicht. Ich habe beim letzten Dorffest mit den Baders an einem Tisch gesessen. Die alte Bader kriegt noch alles mit, auch wenn der Friedl anderer Meinung ist. Sie tut mir manchmal leid, aber es geht ihr im Großen und Ganzen gut. Man muss dem Friedl hoch anrechnen, dass er seine Mutter nicht ins Altersheim abgeschoben hat. So hat sie hat ihre Familie um sich und wird versorgt. Aber warum fragst du mich das?"

„Die Alte hat mir erzählt, dass sie am Samstagabend gesehen hat, dass ein Auto auf den Golfplatz gefahren ist; ungefähr da, wo man nachher die Leiche gefunden hat. Nach dem, was du mir eben gesagt hast, kann ich also davon ausgehen, dass es wirklich so war, wie sie erzählt hat. Das könnte noch sehr wichtig sein."

Dann zog es Wolfgang ins Wohnzimmer an den Fernseher. Jetzt kam 'Wer weiß denn sowas'; das interessierte ihn mehr, als die Klatsch- und Tratschgeschichten bei 'Brisant'.

Lisa ging auf ihr Zimmer, um zu lesen.

6

Am Mittwochmorgen stand Lisa früh auf, weil sie vor dem Dienst noch eine Runde joggen wollte. Einmal die Woche musste es mindestens sein!

Sie lief über die Brücke gleich um die Ecke, entlang der Trettach bis zum Illerursprung, und weiter bis zur Rubistufe. Hier hielt sie an, machte ein paar Dehnungsübungen, und lief dann den gleichen Weg zurück.

Es waren zwar nur rund sechs Kilometer, aber das musste für heute reichen.

Nachdem sie geduscht hatte, zog sie sich wieder nett an und ging zur Wache.

Tim saß schon im Büro, als Lisa hereinkam.

Er war so in seine Gedanken versunken, dass er sie gar nicht wahrzunehmen schien.

Lisa setzte sich auf ihren Platz und ließ ihn in Ruhe.

Dann schaute Tim sie an.

„Entschuldigung. Ich war gerade ganz tief in meinen Gedanken versunken."

„Was hat dich denn so sehr beschäftigt?"

„Ich konnte gestern Abend schlecht einschlafen und dabei kam mir eine verrückte Idee in den Kopf", sagte er.

„Lass hören!", sagte Lisa.

„Also, es ist nur wirklich nur eine verrückte Idee. Aber je länger ich darüber nachdenke, desto mehr glaube ich, dass ich der Lösung unseres Falls nähergekommen bin."

Lisa lehnte sich ein wenig zurück und war gespannt, was Tim sich überlegt hatte.

Tim begann:

„Stell' dir vor, die drei Witwen wären nicht nur gute Freundinnen, sondern auch befreundete Mörderinnen."

„Wie meinst du das?", fragte Lisa erstaunt.

„Pass auf: Die Anna Maier will ihren Mann loswerden, weil er auf dem besten Weg ist, Haus und Hof zu versaufen und zu verzocken. Als sie auf dem Weg runter ins Oytal sind, gibt sie ihm an einer passenden Stelle einen Schubs, und er purzelt den Berg runter. Sie spielt danach die traurige Witwe und beichtet nur ihren besten Freundinnen die Tat. Zeugen gab es bei dem Vorfall ja keine. Dann erzählt die Martha, dass sich ihr Mann scheiden lassen und seine Geliebte heiraten will. Dass ihr Mann sie seit längerem betrügt, hat sie bis dahin hingenommen, weil sie im Fall einer Scheidung womöglich sehr schlecht dasteht; finanziell meine ich. Da hilft die Anna ihr und erschießt Marthas Mann, als er in der Nacht auf dem Hochsitz ist, nachdem seine Geliebte gegangen ist. Sie denken sich auch das mit dem Bekennerschreiben aus, um die Spur auf andere zu lenken.

Jetzt ist die Bettina Huber an der Reihe. Ich habe außer der Sache mit den Drogengeschäften zwar noch keine Idee, was ein Grund für sie wäre, ihren Mann aus dem Weg zu räumen, aber vielleicht fällt mir etwas ein."

„Das ist wirklich eine verrückte Idee", sagte Lisa. „Ich wüsste aber nicht, was für ein Motiv die Bettina haben könnte."

„Ich hätte eine Idee. Stell dir folgenden Ablauf vor: Die drei Frauen haben ihren Gipfeltrip auf Montagfrüh verschoben, weil das Wetter umgeschlagen ist. Vielleicht sind sie dann doch noch mal zurück nach Oberstdorf gefahren, um etwas zu holen, und erwischen den Huber beim Hantieren mit den Drogen. Sie geraten in einen heftigen Streit, eine der Drei nimmt sich ein Nudelholz und haut es dem Huber auf den Kopf. Sie stellen fest: Mist, der ist tot, und sie wollen seine Leiche entsorgen. Die Bettina Huber hat dann die Idee, ihn auf dem Golfplatz abzuladen, damit es so aussieht, als wäre er da umgebracht worden.

Sie laden die Leiche in den Kofferraum, fahren zum Golfplatz und schleppen sie dahin, wo sie am Montag gefunden wurde. Dann fahren sie wieder zur Hütte und tun so, als wäre nichts geschehen."

„Theoretisch ist das natürlich möglich. Aber glaubst du wirklich, dass es so gewesen sein könnte? Ich finde, dass sich das sehr konstruiert anhört."

Sie saßen länger da und ließen ihre Gedanken schweifen.

Schließlich sagte Lisa:

„Ich habe auch eine verrückte Idee, was deine verrückte Idee angeht: Meine Schwester und die Anna Maier kennen sich wirklich sehr gut. Was hältst du davon, dass ich meine Schwester bitte, der Anna 'ganz vertraulich' zu erzählen, dass du diese Idee mit dem Runterschubsen hast, und wir schauen mal, wie sie darauf reagiert. Vielleicht wird dadurch deine Theorie entkräftet."

„Oder erhärtet."

Lisa antwortete auf diesen Konter nicht.

Tim fiel noch etwas ein:

„Ich hatte gestern angeregt, dass du nochmal zu der Frau Huber fährst, um zu schauen, ob sie dir genaueres zu seinen Onlinegeschäften sagen kann. Kannst du das jetzt machen?"

„Mach ich."

Also fuhr Lisa noch einmal zu Bettina Huber.

Sie setzen sich in die Küche.

„Wie geht es Ihnen?", fragte Lisa als erstes.

„Soweit ganz gut. Es ist aber schon ein seltsames Gefühl, morgens aufzuwachen, und das Bett ist halb leer. Meine Nachbarn und meine Freundinnen kümmern sich lieb um mich; das hilft mir ein wenig."

„Ich hatte schon am Montag das Gefühl, dass Sie mit der Situation viel besser zurechtkommen, als ihre Freundin Anna vor zwei Jahren. Das ist doch jetzt zwei Jahre her, dass der Norbert verunglückt ist, oder?"

Bettina überlegte kurz.

„Stimmt. Fast genau zwei Jahre ist das her. Das war auch gegen Ende des Sommers. Die Anna war wirklich krank, als das passiert ist. Wir haben aber einen guten Psychiater gefunden, der ihr geholfen hat. Die Martha und ich haben uns zwar auch sehr um sie gekümmert, aber ich glaube, wir allein hätten sie nicht so schnell wieder auf die Beine bekommen. Aber Sie sind doch sicher nicht hier, um mir ihr Beileid auszudrücken."

„Das stimmt. Wir haben uns die Internetseite von ihrem Mann angesehen und dabei gesehen, dass er nicht nur mit Antiquitäten gehandelt hat, sondern auch mit Tee. Wussten Sie das?"

„Er hat mal von Tee geredet. Aber ich habe von seinen Aktivitäten im Internet keinen blassen Schimmer. Ich sag' auch ganz ehrlich: Das hat mich nicht die Bohne interessiert. Mit unseren Ferienwohnungen haben wir ein solides Einkommen, auch wenn ich mir manchmal wünsche, wir könnten uns Personal leisten. Dafür reicht es leider nicht. Die Aufräumarbeiten und die Endreinigung der Wohnungen mache ich selber. Aber wir haben keine Kinder und keine teuren Hobbies, da reicht das Geld."

„Ist denn Golfspielen kein teures Hobby?", fragte Lisa.

„Das Golfspielen hat der Toni immer von den Erlösen seines Geschäfts bezahlt. Ich hatte zwar auch schon mal den Eindruck, dass er etwas von unserem Haushaltsgeld dafür genommen hat; das geht aus meiner Sicht bei aller Liebe gar nicht! Dann lieber eine Putzfrau für die Ferienwohnungen von dem Geld bezahlen."

„Sie haben also keine Ahnung, was er mit seinen Intergeschäften verdient hat?"

Bettina schüttelte den Kopf.

„Null!"

„Dann können Sie mir sicher auch nicht helfen, wenn es darum geht, eine Liste seiner Kunden aufzustellen."

Bettina schüttelte wieder den Kopf.

„Kennen Sie denn wenigstens sein Passwort, damit wir vielleicht zusammen im PC nachsehen können?"

„Auch das nicht. Aber wir können mal rübergehen und nachsehen, ob wir etwas finden."

Sie gingen hinüber ins Arbeitszimmer.

„Das Zimmer hier sollte eigentlich unser Kinderzimmer werden; aber das hat leider bisher nicht geklappt. Und jetzt ist es eh vorbei mit Kindern."

Lisa wollte gerade sagen, dass es noch andere Männer gibt, und Bettina noch eine Chance hätte, einen Neuen zu finden, aber sie ließ es lieber sein. Nicht in Fettnäpfchen treten!

„Ich hatte am Montagabend überlegt, den PC hochzufahren, aber dann fiel mir ein, dass ich für die Anmeldung ein Passwort brauche. Ich habe es dann gelassen."

Lisa schaute sich auf dem Schreibtisch um.

„Vielleicht hat er irgendwo einen Zettel, wo er sein Passwort aufgeschrieben hat, für den Fall der Fälle."

Sie fand aber nichts.

Dann hatte sie eine Idee. Sie drehte die Tastatur auf den Kopf und siehe da: Ein Memo: 'Bettina!' klebte an der Unterseite.

„Wollen Sie oder soll ich?", fragte Lisa.

„Machen Sie ruhig. Ich glaube, Sie sind eher ein Computerexperte als ich", sagte Bettina.

Lisa lächelte.

'Ich Computerexperte? Einfacher User!', dachte sie.

Sie startete den PC. Als sie aufgefordert wurde, ein Passwort einzugeben, tat sie das brav und hatte mit 'Bettina!' Erfolg.

„Und jetzt?", fragte Bettina.

„Ich schaue erst einmal nach, ob in der Zwischenzeit Emails gekommen sind", sagte Lisa.

Sie rief das Emailprogramm auf. Es war nur eine Info-Mail vom Golfclub gekommen, aber keine, die sich auf das Onlinegeschäft bezog. Eine weitere E-Mail-Adresse fand sie hier nicht.

'Mal sehen', dachte sie, während Bettina Huber ihr interessiert zusah.

Lisa fand in der Liste der installierten Apps ein weiteres Emailprogramm, für das es keine Verknüpfung auf dem Desktop gab. Als sie dieses Programm startete, fand sie ein weitere Emailadresse, die auf dem Server lag, wo Huber seine Internetseite hatte:

'service@antonhuber85.de'.

„Ich glaube, ich hab's", sagte Lisa.

Hier fand sie einige Mails; sowohl von Anton Huber versendete, als auch bei ihm angekommene. Dabei ging es immer um Käufe und Verkäufe zwischen Huber und seinen Kunden. Und es gab eine Kontaktliste! Ein Lieferant war aber anscheinend nicht darunter.

„Habe Sie etwas dagegen, wenn ich die Kontaktliste und ein paar der Emails ausdrucke? Das würde uns einige Arbeit ersparen."

„Machen Sie das ruhig. Ich habe nichts zu verbergen und dem Toni können Sie eh nichts mehr anhaben. Sie können aber auch den ganzen PC mitnehmen, wenn Sie wollen. Ich habe für mich einen eigenen Laptop, der reicht mir völlig."

Während Lisa den Drucker einschaltete fragte Bettina:

„Warum sind denn seine Kunden für Sie so wichtig?"

„Reden wir nicht um den heißen Brei herum", sagte Lisa.

„Ihr Mann hat nicht nur mit Holzfiguren und Tee gehandelt, sondern auch mit leichten Drogen."

„Was?", fragte Bettina entsetzt. „Drogen? Das hätte ich nie gedacht. Wie ist er denn auf die Idee gekommen?"

„Das kann ich Ihnen nicht sagen. Wir vermuten aber, dass sein Tod damit zu tun hat. Wir haben uns überlegt, wer vom Tod ihres Mannes profitieren könnte. Da stehen seine Drogengeschäfte an erster Stelle."

„Haben Sie auch mich verdächtigt?"

„Klar! Als Ehefrau gehören Sie auf jeden Fall zu den Personen, die verdächtig sind, obwohl ich das wirklich nicht glauben kann."

„Ich habe schon viele Krimis gesehen. Ich weiß nicht, ob es der Realität entspricht, aber da sind oft die engsten Verwandten die Täter."

„Leider ist es wirklich so", sagte Lisa. „Man glaubt es nicht, aber Gewalt im häuslichen Umfeld kommt viel öfter vor, als man denkt. Ein unzufriedener Mann, eine unzufriedene Frau, außereheliche Beziehungen... Da gibt es viel Zoff und mögliche Motive für einen Mord."

Sie überlegte.

Dann fragte sie:

„Gibt es im Haus eine Stelle, wo ihr Mann seine Ware aufbewahrt?"

Bettina brauchte nicht lange nachzudenken.

„Toni hat im Keller einen Werkraum, wo er an den Figuren rumbastelt, und in einer Ecke neben dem Heizungsraum liegen ein paar Kartons. Kommen Sie mit!"

Sie gingen in den Keller.

In dem Werkraum stand eine Tischbohrmaschine, neben der ein dicker, langer Bohrer lag. Auf der Tischplatte rundherum waren Sägespäne verstreut. An der Wand stand eine Holzfigur; eine Madonna mit Kind, wie sie Lisa auch als Bild auf der Internetseite gesehen hatte.

Sie hob sie an.

„Ein Leichtgewicht ist die Maria nicht", sagte sie.

Sie gingen weiter in Richtung Heizungsraum, wo ein paar Kartons gestapelt waren. Lisa ging hin und nahm sich einen davon. Man sah, dass er schon einmal benutzt worden war und jemand das Versandetikett entfernt hatte.

Sie schnupperte an ihm.

„Riecht nach Holz", sagte sie.

„Darf ich den Karton ohne Durchsuchungsbefehl öffnen?", fragte sie vorsichtshalber.

„Gern", sagte Bettina, „mich interessiert doch auch, was da drin ist."

In einem Regal an der Seite hatte Lisa einen Cutter gesehen.

„Darf ich?"

„Machen Sie, was Sie wollen."

Lisa nahm den Cutter, schlitzte das Klebeband auf, mit dem der Karton verschlossen war, und öffnete ihn.

Zum Vorschein kam eine Menge Isoliermaterial: ein paar Papierknubbel und einige Styroporflocken. Dazwischen lag eine in Papier eingewickelte Figur, die der auf dem Werktisch sehr ähnelte. Lisa hob auch diese Figur an. Sie war spürbar leichter als die, die sie auf dem Werktisch gesehen hatte. Lisa drehte sie auf den Kopf und sah, dass im Boden der Figur eine Öffnung war, die mit einem Holzpfropfen verschlossen war. Sie schaute sich um und fand einen Spatel, mit dem sie den Verschluss öffnen konnte.

„Schauen Sie mal", sagte sie, „die Figur ist innen hohl."

In die Figur war ein etwa 15 cm tiefes Loch gebohrt worden; der Durchmesser passte zu dem dicken Bohrer, den sie auf dem Werktisch gesehen hatte. Der Bohrer war so gewählt, dass die Außenwand der Figur immer noch dick genug war, um stabil zu sein. Dass die Figur hohl war, merkte man erst, wenn man sie abklopfte, oder zum Vergleich eine andere Figur anhob.

In einem größeren Karton waren Tütchen mit losen Teeblättern; Ware aus dem Internetshop.

Die übrigen Kartons waren leer.

„Hatte ihr Mann noch einen anderen Platz mit Waren?"

Bettina schüttelte den Kopf und sagte:

„Toni ist ab und zu mit dem Auto zum Golfplatz gefahren und hat dabei eine Tasche mitgenommen. Normalerweise ließ er seine Ausrüstung immer dort. Er sagte, dass er ein paar Kunden für Tee im Golfclub hat, und dass er ihnen den Tee direkt da gibt."

„Hat er vielleicht einen Teil seiner Ware auf dem Golfplatz gelagert?"

„Möglich."

„Ich denke, dass ich nachher noch einmal rüberfahre und nachsehe. Wissen Sie, ob ihr Mann einen eigenen Schlüssel für den Schuppen auf dem Golfplatz hatte, wo er seine Golfsachen gelagert hat?"

„Soviel ich weiß, ja. Ich meine, er hatte ihn an seinem Schlüsselbund. Der hängt aber nicht am Schlüsselbrett. Deshalb glaube ich ja, dass Toni am Samstag gar nicht wieder zu Hause war."

„Hmm…"

Lisa überlegte.

Der Spielpartner sagte, er habe den Huber wie immer an der Stillach abgesetzt, aber seine Sachen waren nicht zu Hause. Hatte der Mörder ihn auf dem Weg nach Hause abgefangen? Sie nahm sich vor, sich gleich im Anschluss den Weg anzusehen, den Huber immer zu Fuß zurückgelegt hatte.

„Ich denke, wir können wieder nach oben gehen. Hier ist nichts, was uns helfen könnte", sagte Lisa.

Auf der Treppe sagte sie:

„Eine Bitte hab' ich noch: Können Sie mir zeigen, welchen Weg ihr Mann von der Straße hierher immer gegangen ist? Sein Spielpartner sagte, er sei durch die Wiesen gegangen."

„Gerne", sagte Bettina und zog sich feste Schuh an.

Es ging ein ganzes Stück abwärts durch die Wiesen, bis sie an der Stillachstraße ankamen. Es war glücklicherweise trocken. Lisa stellte sich vor, wie es war, wenn es geregnet hatte oder gerade regnete. Saubere Schuhe hatte man danach mit Sicherheit nicht. Das deckte sich mit dem, was die Frau vom Golfclub, die Maria, gesagt hatte. Rechts und links gab es auch Gebüsche, in denen sich ein Mörder hätte verstecken können. Dazu noch ein aufziehendes Gewitter - da war wahrscheinlich niemand vor der Tür, der etwas gesehen hatte. Trotzdem nahm sich Lisa vor, mit Tim zusammen in der Nachbarschaft nachzufragen, ob jemand am Samstagnachmittag etwas Auffälliges gesehen hatte.

Als sie wieder bei Hubers angekommen waren, wollte Lisa noch von Bettina wissen, wo genau sie mit ihren Freundinnen am Wochenende gewesen war.

Sie saßen wieder in der Küche.

Bettina erzählte:

„Wir sind am Samstagmorgen durch das Trettachtal ins Traufbachtal gefahren; als Anlieger darf man die Wege mit dem Auto nutzen. Da oben besitzen wir eine Hütte, in der früher Stroh gelagert wurde. Nachdem Tonis Eltern die Viehwirtschaft aufgegeben hatten, haben sie die Hütte so umgebaut, dass man darin wohnen kann, wenn man keine großen Ansprüche hat. Die Hütte nutzen wir öfter als Basislager für größere Bergtouren. Wir haben vor kurzem ein paar Solarmodule auf das Dach gesetzt und einen Speicher-Akku eingebaut. Wenn man keine Stromfresser anschließt, liefert er für ein paar Tage genug Strom. Es gibt da oben zwar kein fließendes Wasser, aber wir haben eine Leitung, über die wir frisches Bergwasser aus einer Quelle bekommen. Und auf der Tour kann man ja das Nötigste mitnehmen. Wenn wir unterwegs sind, kommt uns zugute, dass die Anna echt stark ist. Sie kann ein paar Kilo Wasser und Proviant tragen, ohne dass sie das belastet. Ich staune immer, was sie für eine Kraft hat!"

„Bemerkenswert. Wo sollte die Wanderung dieses Mal hingehen?"

„Wir hatten uns vorgenommen, am Sonntag in aller Herrgottsfrühe auf den Großen Krottenkopf zu steigen, und uns oben den Sonnenaufgang anzusehen."

„Aber aus dem Plan wurde wahrscheinlich nichts, weil das Wetter umgeschlagen ist. Richtig?"

„Genau richtig. Wir sind noch ein Stück den Weg gegangen, den wir am Sonntagmorgen gehen wollten, um zu sehen, ob wir ihn auch morgens im Halbdunkeln gefahrlos gehen können. Als wir das Wetter aufziehen sahen, war uns klar, dass wir unseren Plan für Sonntagmorgen knicken konnten. Weil wir auf der Hütte immer Notproviant und ein paar gute Getränke haben, war das nicht so schlimm. Wir haben uns dann einen schönen Abend auf der Hütte gemacht. Was anderes blieb uns ja nicht übrig."

„Sie haben den Plan dann am Montagmorgen umgesetzt?"

„Richtig. Wir sind am Montagmorgen ganz früh los, eigentlich war es noch Nacht, und wir haben es tatsächlich rechtzeitig auf den Gipfel geschafft. Ich sag' ihnen: Der Sonnenaufgang da oben - ein absolutes Highlight!"

Sie unterbrach ihre Erzählung und fing an zu weinen.

„Und dann kam ich nach Hause und es war keiner da. Hätte ich das geahnt, wäre ich zuhause geblieben."

Lisa ließ sie in Ruhe trauern.

Dann verabschiedete sie sich.

„Darf ich Sie noch einmal stören, wenn ich noch Fragen habe?"

Bettina nickte.

„Ach ja", sagte Lisa, „darf ich den PC mitnehmen?"

„Klar!"

Lisa steckte die Blätter, die sie ausgedruckt hatte, in die Tasche und nahm den PC unter den Arm.

Bettina begleitete sie zur Tür.

'Die soll ihren Mann umgebracht haben? Unmöglich! ', dachte sich Lisa auf der Rückfahrt.

7

Sie saßen wieder im Büro.

Lisa hatte Hubers PC in die Ecke neben dem Fenster gestellt und die zwei Seiten mit der Kundenliste, die sie bei ihrem Besuch bei Bettina Huber ausgedruckt hatte, auf ihren Tisch gelegt.

„Wir könnten uns jetzt Hubers Kundenliste ansehen."

„Das ist eine gute Idee", sagte Tim. „Vielleicht gibt es Kunden, die Zoff mit ihm hatten, oder die verhindern wollten, dass bekannt wird, dass sie bei ihm eingekauft haben."

„Das sind sicher nicht die Leute, die nur Tee bei ihm gekauft haben. Bei den anderen wäre ich mir nicht so sicher. Wer will schon als Kiffer abgestempelt werden."

Lisa nahm die Liste, zog ihren Stuhl auf die andere Seite des Schreibtischs und setzte sich neben Tim.

Tim kannte nur wenige Oberstdorfer.

Jetzt war Lisas Erfahrung gefragt.

Die Liste war alphabetisch geordnet; sie enthielt allerdings nur die Namen, Telefonnummern und teilweise auch die Emailadressen der Kunden, nicht, was sie bei ihm gekauft hatten.

„Kennst du von den Kunden jemanden?", fragte Tim.

Lisa nickte.

„Ich kenne sie fast alle, die meisten allerdings nur dem Namen nach. Es sind aber auch ein paar dabei, die ich persönlich kenne. Hier beispielsweise: Der Jens Müller war mit mir in einer Klasse, und der Thomas Grieser war unser Mathelehrer."

Sie schaute weiter durch die Liste.

„Josef Hammer war der Leiter unserer PI, Georg Müller müsste der Vater vom Jens sein, die Hanni Hacker ist eine der Freundinnen meiner Schwester, …, der Singerle vom Krankenhaus und der Brüll vom Golfclub sind auch dabei."

„Gut, ich glaube aber nicht, dass die alle mehr als Tee gekauft haben. Lass uns mal den PC hochfahren und nachsehen, ob er auch eine Datei mit den Bestellungen und Abrechnungen geführt hat. Wenn nicht, dann müsstest du noch einmal zu der Frau Huber fahren und nachsehen, ob er eine ordentliche Buchführung hatte und Rechnungen etc. abgeheftet hat."

Lisa verkniff es sich, Tim darauf aufmerksam zu machen, dass doch er die Ermittlungen leitete und auch selber zu Bettina Huber fahren konnte.

Weil auf ihrem Schreibtisch mehr Platz war, holte sie den PC rüber und stellte ihn darauf.

„Hmm…", sagte sie, „mit dem PC allein kommen wir nicht weit."

„Stimmt. Wir brauchen auch ein Stromkabel, eine Tastatur, eine Maus und einen Monitor."

„Wir können die Sachen von meinen PC nehmen. Ich brauche ihn im Moment nicht."

Lisa machte sich sofort an die Arbeit und steckte alles um. Gottseidank passten alle Kabel.

Sie rollten mit ihren Stühlen auf die andere Seite.

Dann startete Lisa Hubers PC.

Das Passwort wurde verlangt.

Lisa hatte es sich gemerkt, als sie zuletzt bei Bettina Huber war und tippte ʻBettina!ʼ ein.

Tim schaute gespannt zu.

„Die meisten Leute haben eine Excel-Datei mit den Daten. Ich schaue mal unter den zuletzt geöffneten Dokumenten."

Dort fand Lisa aber nichts Passendes.

„Wenn er sich gut mit den Office-Anwendungen auskennt, wird er eine Access-Datenbank angelegt haben", sagte Tim. „Schau mal, ob du eine Datei mit der Endung accdb findest. So heißen die Datenbanken bei den neueren Versionen von MS-Office."

Es gab tatsächlich eine Datei 'Geschäfte.accdb'.

Lisa öffnete sie.

„Schau hier:

Eine Tabelle 'Kunden', eine Tabelle 'Verkäufe' und eine Tabelle 'Ware'. Gut durchdacht."

„Schau mal bitte nach Abfragen oder Berichten."

Abfragen fand sie keine, deshalb schaute Lisa, ob es auch Berichte gab.

„Was wollen wir mehr: 'Käufe nach Kunden' hat er einen Bericht genannt. Dann lass uns mal schauen, was Hubers Kunden gekauft haben" , sagte sie erwartungsvoll.

Über ein Auswahlfenster konnte Lisa einen Kunden auswählen und bekam dann eine Liste mit all seinen Käufen angezeigt.

„Wollen wir sie alle durchgehen?", fragte sie.

„Schau lieber, ob man einen Filter anwenden kann, der die Teekunden rauslässt. Die sind – glaube ich – uninteressant."

Lisa schaute nach und sagte:

„Einen Filter finde ich nicht. Ich denke, dass der Huber seine Kunden gut genug kannte und deshalb keinen Filter brauchte. Ich könnte aber einen Filter erstellen. Dauert nicht lange."

O.K", sagte Tim. „Ich gehe in der Zwischenzeit mal für kleine Jungs und hole mir einen Kaffee. Soll ich dir etwas mitbringen?"

„Kannst du mir eine Tasse heißes Wasser mitbringen? Ich habe noch ein paar Teebeutel hier."

„Mach' ich."

Ein paar Minuten später kam Tim zurück.

„Ich habe einen neuen Bericht mit Filter erstellt", sagte Lisa und startete ihn.

Es öffnete sich ein Auswahlfenster, wo sie aus der Tabelle 'Ware' die Teesorte auswählen konnte, deren Käufer angezeigt werden sollten.

„Es sind Teesorten aufgeführt, die mir nichts sagen. Aber es ist auch die Sorte 'Spezial' dabei", sagte Lisa.

„Das müsste es sein."

„O.K.", sagte Lisa, „dann wollen wir mal sehen, wer von seinen Kunden lieber raucht, als trinkt."

Als sie den Bericht durchsah staunte sie nicht schlecht.

„Die Hanni und der Singerle haben schon mehrmals den 'Spezialtee' gekauft. Das hätte ich nicht gedacht!"

„Wer ist noch die Hanni?"

„Das ist eine aus der Clique meiner Schwester."

„Wieviel Mädel sind in der Clique deiner Schwester?" Lisa zählte stumm nach.

„Ich komme auf etwa zehn."

„Das passt. Wir gehen davon aus, dass von den jüngeren Leuten über 10% ab und zu einen rauchen, bei den älteren hängt es stark davon ab, ob sie einen stressigen Beruf haben oder nicht. Wenn der Singerle eine 24 Stunden-Schicht mit Notdienst hinter sich hat, braucht er vielleicht eine kleine Entspannung."

Lisa stimmte ihm zu.

„Die Monika aus der Clique meiner Schwester arbeitet auch im Krankenhaus und muss regelmäßig Nacht- und Notdienst machen. Laura hat mir mal erzählt, dass es für Monika auch nach Jahren immer noch schwer ist zu ertragen, dass Leute vor ihren Augen sterben, und sie nichts mehr tun können."

Sie hielt einen Moment inne.

Tim konnte es verstehen.

Wenn es im Einsatz zum Schusswaffengebrauch kam, war es sicher ähnlich. Bisher hatte er auf niemand schießen müssen, aber es konnte jederzeit passieren.

Dann sagte er:

„Ich denke, dass wir jetzt noch mal zum Golfplatz fahren sollten. Vielleicht finden wir in dem Schuppen doch noch etwas."

Als sie ins Clubbüro kamen, sprach Maria Lisa direkt an: „Habt ihr Verstärkung bekommen?"

„Wie kommen Sie denn darauf?", fragte Tim erstaunt.

„Vorhin war ein Kollege von euch da. Er hat sich von mir den Schlüssel für den Schuppen geben lassen, um dort nach Beweisstücken zu suchen. Er hat aber wohl nichts gefunden. Dann hat er mich gefragt, mit wem der Huber am Samstag gespielt hat. Ich sagte ihm, dass ich euch das doch schon alles gesagt hatte. Darauf meinte er, dass man ihm die Daten noch nicht weitergegeben hat. Also habe ich ihm die Adresse vom Moosbauer gegeben. War das etwa ein Fehler?"

„Sieht so aus. Aber da sprechen wir später drüber."

„Wir müssen sofort los!", sagte Tim zu Lisa.

„Ich nehme an, wir fahren nach Bühl. Richtig?"

„Vollkommen richtig. Fahr du bitte. Dann kann ich unterwegs die Kollegen in Immenstadt informieren, dass sie zum Moosbauer fahren sollen. Der Typ, der sich als Kollege von uns ausgegeben hat, sucht wohl etwas, das der Huber im Schuppen hatte. Nachdem er es da nicht gefunden hat, geht er davon aus, dass der Moosbauer es sich unter den Nagel gerissen hat, und will es bei ihm holen. Vielleicht kommen die Kollegen früh genug, um ihn zu warnen oder zu schützen!"

Während der Fahrt sprach er mit den Beamten aus Immenstadt, die sofort nach Bühl aufgebrochen waren und inzwischen in die Straße einbogen, in der Moosbauer wohnte.

„Vor der Tür steht ein Kombi mit Oberallgäuer Nummernschild? Fahrt ein paar Meter weiter, damit keiner sieht, dass die Polizei schon vor Ort ist, und dann sichert ihr das Grundstück von der Gartenseite aus ab. Wir kommen von vorne."

…

„Ihr steht jetzt hinten am Garten? Perfekt! Wartet da bitte, wir sind gleich da!"

Kurz darauf kamen sie bei Moosbauer an. Die Beiden überprüften ihre Dienstwaffen und gingen zum Haus.

Tim legte das Ohr an die Tür und hörte drinnen jemand schreien:

„Sag mir endlich, wo du den Stoff versteckt hast, oder ich prügele es aus dir raus!"

Schnell nahm Tim einen Dietrich aus der Tasche und schloss die Tür auf.

Sie stürmten mit vorgehaltener Waffe hinein.

Ein großer muskulöser Mann hatte Moosbauer an der Gurgel gepackt und schlug mit der anderen Hand auf ihn ein. Als er Tim und Lisa sah, ließ er von seinem Opfer ab und flüchtete durch die offene Terrassentür.

Er sah die Polizisten am Gartentor stehen und sprang nach rechts in den nächsten Garten, wo sofort ein Hund laut bellte. Dem Klang nach kein kleiner Hund.

Der Mann sprang direkt weiter in den übernächsten Garten und setzte seine Flucht fort.

Einer der Polizisten hatte das Gartentor geöffnet, war dahingelaufen, wo der Mann über den Zaun gesprungen war, und wollte ihm hinterher. Er ließ es dann lieber, denn der Hund hatte sich auf der anderen Seite des Zauns aufgerichtet, sah im direkt in die Augen und knurrte laut.

Der Polizist zuckte zusammen.

Zu seinem Glück war der Nachbar schon aus dem Haus gekommen und rief den Hund zur Mäßigung:

„Ruhig Hasso, das ist ein Freund!"

Derr Hund setzte sich brav vor den Zaun und war ruhig, hatte den Polizist aber immer noch fest im Visier.

„Ein guter Wachhund", sagte der Polizist anerkennend. „Schade, dass er nicht schnell genug war, um den Kerl zu schnappen."

„Hasso ist zwar nicht schnell, da haben sie Recht, aber wenn einer auf das Haus zukommt, reicht schon allein seine Anwesenheit aus, damit jeder schnell die Flucht ergreift."

„Apropos Flucht: Wo kann der Mann hingelaufen sein?"

„Ein paar Gärten weiter ist ein Fußweg, der runter zur Straße geht. Wenn er es bis dahin geschafft hat, werden

Sie ihn sicher nicht mehr erwischen. Dann ist er schon über alle Berge."

Der zweite Polizist kam zu ihnen.

„Ich dachte, ich könnte ihn hinten abfangen."

Der andere schlug sich mit der Hand auf die Stirn.

„Er hatte doch vorn an der Straße geparkt, hast du das schon vergessen?"

„Öh - ja!"

Unterdessen waren Tim und Lisa bei Moosbauer geblieben. Der hatte ein paar blaue Flecken abbekommen, schien aber sonst in Ordnung zu sein.

„Geht es bei Ihnen soweit, dass Sie uns ein paar Fragen beantworten können?", fragte Tim.

Moosbauer nickte.

„Haben Sie eine Ahnung, was dieser Typ bei Ihnen gesucht hat?", fragte Tim.

Moosbauer schüttelte den Kopf.

„Nicht die Bohne", sagte er.

„Kommen Sie mal mit zur Tür", sagte Tim.

Der Kombi, der dort eben noch gestanden hatte, war weg.

„Haben Sie vorhin den Wagen gesehen, mit dem dieser Kerl gekommen war?", fragte er.

Moosbauer nickte.

„Das war der gleiche Typ wie meiner, der in der Garage steht. Sah ihm ziemlich ähnlich. Ich meine, so ein Wagen kam uns am Samstagnachmittag entgegen, als wir vom Golfplatz wegfuhren. Vielleicht hatte sich der Typ mit Toni verabredet und kam zu spät. Wir hatten uns auf unserer Runde extrem beeilt, weil wir das Gewitter aufziehen sahen. Und wir wollten unsere Runde ja zu Ende spielen. Das Ergebnis war leider sehr schlecht. So eine miese Runde haben wir in Oberstdorf noch nie gespielt."

„Haben Sie das Kennzeichen gesehen?"

„Nein, tut mir leid; ich habe den Wagen nur von der Seite gesehen."

„OA, zwei Buchstaben und 555", sagte Lisa.

„Wie kommst du darauf?", fragte Tim erstaunt.

„Kombiniere, kombiniere", sagte Lisa schmunzelnd. „Ich habe das Kennzeichen zwar auch nicht beachtet, aber die Maria vom Golfplatz hat doch erzählt, dass sie am Samstagabend einen Wagen gesehen hat, der ihr entgegenkam, als sie nach Hause fuhr. Weil sie sicher sein wollte, dass es nicht sein" - sie zeigte auf Moosbauer - „Wagen war, hat sie auf das Kennzeichen geachtet. Dass es ein Wagen mit OA war und die 555 konnte sie sich merken."

„Dann sollten wir diesen Typ schnell haben", sagte Tim. Zu Moosbauer sagte er:

„Ich danke Ihnen. Erholen Sie sich von dem Schrecken. Wenn Sie noch Hilfe brauchen oder Ihnen etwas einfällt, das uns helfen könnte, dann melden Sie sich bei uns."

Er schaute in den Garten. Die Kollegen standen wieder am Gartentor. Tim machte ihnen eine Geste, worauf die Beiden abzogen.

Als sie wieder am Wagen waren, bat Tim Lisa zu fahren. Er nahm sein Handy, rief die Kollegen in Kempten an und gab durch:

„Fahndung nach einem Mann, ca. 195 groß, muskulös, mittellange dunkle Haare, kein Bart. Normale blaue Jeans, gelbes Polohemd und blaue Sneakers. Unterwegs mit einem weißen Kombi, japanischer Hersteller, vermutlich ein Toyota, Kennzeichen OA, zwei Buchstaben und die 555. Wir kommen gleich zu euch rüber."

Auf dem Weg sagte Lisa:

„Mit der Maria müssen wir sicher auch noch einmal reden. Sie hat sich wohl zu leicht hinters Licht führen lassen. Ich frage mich, ob sie diesen Typ überhaupt nach seinem Dienstausweis gefragt hat."

Tim lachte.

„Selbst wenn! Wir haben einmal einen Test gemacht. In den meisten Fällen reicht es, den Leuten einen Ausweis von der Stadtbücherei oder vom Kaninchenzüchterverein vorzuzeigen. Wenn man überzeugend auftritt, sich als Kommissar ausgibt und irgendeinen Ausweis präsentiert, dann sind die Leute so eingeschüchtert, dass sie einem fast alles glauben."

„Und wo sind jetzt die Drogen?", fragte Lisa.

„Womöglich hatte er sie irgendwo in dem Schuppen, aber nicht in seiner Golftasche."

„Dann müssten sie immer noch auf dem Golfplatz sein."

„Richtig. Ich schlage vor, dass wir bei nächster Gelegenheit noch einmal zum Platz fahren, ein Wörtchen mit Maria reden und den Schuppen durchforsten. Vielleicht hat der Huber die Sachen in einer Ecke versteckt, wo niemand nachsieht."

„Aber kann man das Zeug nicht riechen?", fragte Lisa.

„Mein Kenntnisstand war bisher, dass man Drogen erschnüffeln kann, selbst wenn man kein Spürhund ist."

„Jein", sagte Tim. „Wenn sie offen sind ja; aber wenn sie gut verpackt sind, riechen wir sie nicht. Das können nur speziell ausgebildete Hunde."

„Das heißt, wir müssten einen Spürhund mitnehmen."

„Abwarten. Vielleicht finden wir sie ja auch so."

Tim Handy klingelte.

Er nahm das Gespräch an und stellte auf laut.

Sein Kollege Obermaier war es:

„Tim? Kannst du eben an die Seite fahren und warten?"

„O.K."

Sie waren gerade auf der Höhe des Kemptener Güterbahnhof, weshalb Lisa den Parkplatz am Bahnhof ansteuerte.

„Wir haben den Halter des Wagens ermittelt. Der Mann heißt Flach und wohnt in Fischen. Wir haben die Kollegen informiert, und sie haben gleich zwei Leute zu ihm nach Hause geschickt. Er war nicht da. Wir vermuten, dass er erst einmal untergetaucht ist. Die Fahndung läuft schon. Ihr braucht also gar nicht rüber zu kommen."

„O.K.", sagte Tim. „Ich komme aber auf jeden Fall rüber; es ist ja bald Feierabend. Bis gleich."

Zu Lisa sagte er:

„Es wäre ziemlich praktisch, wenn du alleine wieder nach Oberstdorf kämst. Dann könnte morgen früh gleich von Zuhause aus zu euch durchstarten."

Lisa schaute auf die Uhr und sagte: „Kein Problem. In ein paar Minuten fährt ein Zug nach Oberstdorf. Den könnte ich nehmen. Und die Wache ist ja gleich am Bahnhof. Das wären also keine Umstände für mich."

Sie stieg aus, nahm ihre Sachen, und sagte:

„Dann bis morgen."

Tim war auch ausgestiegen und zur Fahrerseite rübergekommen.

Er drückte ihre Hand und sagte:

„Bis dann!"

Lisa ging zum Bahnhof und fuhr entspannt nach Hause. Unterwegs rief sie bei der Wache an, um die Kollegen zu informieren, dass sie gleich Feierabend machen und nicht mehr reinkommen würde.

Sie hatte Walter am Apparat, der sich auch schon für den Feierabend parat machte. Lisa berichtete ihm alles, was am Tag so geschehen war, und dass sie jetzt noch ein Bierchen trinken gehen würde.

„Ein Feierabendbier hast du dir redlich verdient", sagte Walter. „Bis morgen."

8

Lisa fand auch, dass sie sich ein Feierabendbier redlich verdient hätte. Außerdem hatte Laura sie regelrecht eingeladen, wieder einmal dazuzukommen, wenn sie sich mit ihren Freundinnen in der Dampfbierbrauerei traf.

Lisa hatte den Eindruck, dass ihre früheren Schulkameradinnen den Kontakt mit ihr mieden, seitdem sie gehört hatten, dass sie eine Ausbildung bei der Polizei machte. Bei den Freundinnen ihrer Schwester war das anders. Sie fanden es gut, wenn es bei der Polizei auch junge Frauen gab, die ihre Probleme besser verstanden, als die 'alten Säcke'.

Außerdem meinte Lisa einmal am Rande mitbekommen zu haben, dass eine der Freundinnen, die Hanni, mit ihrem Kollegen Paul verbandelt wäre.

Chantal, eine der Freundinnen, saß wie immer am Kopfende

„Ich lass dich reinrutschen", sagte sie direkt, stand auf und machte Lisa Platz.

Lisa war sofort aufgefallen, dass Chantal abgenommen hatte.

„Ich mache jetzt eine Diät", sagte Chantal stolz, als sie sich wieder gesetzt hatte.

Bevor Lisa etwas sagen konnte, meldete sich Hanni, die für ihre spitze Zunge in der Gruppe gefürchtet war.

„Die Chantal macht jetzt eine Sport-Diät nach Ritterart", spöttelte sie. „Die isst jetzt nicht mehr jeden Tag eine Tafel Schokolade, sondern nur noch eine pro Woche. Die Chantal ist jetzt auch schon unter 100 Kilo!"

Lisa fand Hannis Bemerkung gemein und nahm sich vor, sie im Lauf des Abend ganz nebenbei zu fragen, was sie denn bei Huber alles gekauft hatte.

'Hoffentlich kannst du auch einstecken', dachte sie.

Chantal sah eigentlich ganz nett aus, war aber als kleines Mädchen viel bei ihrer Oma gewesen, weil ihre Eltern sich getrennt hatten. Der Oma war nichts Besseres eingefallen, als das 'arme Kind' ob ihrer Situation zu trösten, indem sie sie mit Schokolade verwöhnte. Mit viel Schokolade! Was dazu führte, dass Chantal schon als Grundschülerin stark übergewichtig war, und von ihren Mitschülerinnen deswegen gehänselt wurde. Was die Situation für Chantal nicht einfacher machte, weswegen die Oma sie noch mehr mit Schokolade verwöhnte.

Aber Chantal wusste sich inzwischen zu wehren.

„Lass die Hanni ruhig schwätzen", sagte sie. „Das mit der Schokolade stimmt, aber sie hätte dir auch sagen dürfen, dass ich mir einen Cross-Trainer gekauft habe und mindestens dreimal die Woche trainiere. Und ich gehe auch mindestens zweimal die Woche walken: zum Illerursprung, an der Iller lang bis Rubi und dann über den Kalkofenweg wieder zurück."

„Das sind ein paar Meter", sagte Lisa anerkennend, obwohl sie wusste, dass Chantal in der Nähe des Campingplatzes wohnte, und die beschriebene Strecke gerade einmal 3 Kilometer lang war, wenn man den kürzesten Weg nahm. Es war zwar nicht viel im Vergleich zu den Strecken, die sie selber joggte, aber für einen ehemaligen Bewegungsmuffel beachtenswert.

„Und ich verdiene im Web ein paar Euro damit", fügte Chantal hinzu.

„Wie das?", fragte Lisa.

„Ich führe ein Online-Tagebuch, das sich einige andere Leute angucken, die auch mit ihrem Gewicht kämpfen."

„Aber dafür bekommt man doch kein Geld", sagte Lisa erstaunt.

„Ich mache nebenher ein bisschen Werbung für Schokolade", sagte Chantal. „Für eine Marke, die für ihre Form bekannt ist."

Jetzt wurde Lisa klar, was Hanni mit 'Diät nach Ritterart' gemeint hatte.

„Ich esse jede Woche eine andere Sorte und berichte auf meinem Kanal, wie sie geschmeckt hat. Natürlich völlig unvoreingenommen."

Lauras Freundinnen hatten alle schon ein paar Bier getrunken. Sie waren natürlich heiß darauf zu erfahren, wie 'der junge Kommissar aus Kempten' so drauf war. Es überraschte Lisa nicht, dass alle schon wussten, dass Tim vorübergehend die örtliche Polizei unterstützen sollte. Der Dorffunk funktionierte anscheinend bestens.

„Wie ist denn der junge Kommissar so?", fragte Monika, die neben Hanni gegenüber von Lisa saß.

Lisa wusste nicht so recht, was sie über Tim sagen sollte.

„Also, der Tim ist noch jung und macht aus meiner Sicht einen guten Job."

„Ist das alles, was du uns zu ihm sagen kannst?", fragte Hanni enttäuscht.

„Was willst du denn sonst noch wissen? Haarfarbe, Blutgruppe, Schuhgröße, Geburtsname der Mutter?"

„Quatsch nicht so'n Blödsinn! Du weißt doch, was ich wissen will."

„Ist ja gut", sagte Lisa und lachte.

„Tim ist ein sportlicher Typ, mag aber Sonne und Meer lieber als die Berge, und das, obwohl er aus dem Allgäu stammt. Über sein Privatleben hat er mir bisher Null verraten. Ich weiß nicht mal, ob er noch Single ist, auf welchen Frauentyp er steht…

… was noch

… egal!

Aber das ist es doch, was du wissen wolltest, oder?"

„Findest du ihn dann attraktiv? Du bist doch auch noch nicht vergeben. Oder habe ich etwas verpasst?", bohrte Hanni nach.

„Er ist ein Kollege, mehr nicht. O.K.?"

„Wie langweilig", sagte Hanni enttäuscht.

„Wie oft siehst du eigentlich die Anna noch?", fragte Lisa ihre Schwester.

„Einmal die Woche mindestens. Warum fragst du das?"

„Weil du uns helfen könntest, ein Missverständnis aus dem Weg zu räumen."

„Welches Missverständnis denn?"

„Das kann ich dir hier nicht sagen. Ist dienstlich. Können wir eine Minute nach draußen gehen?"

„Wenn's sein muss."

Lisa und Laura sagten den Freundinnen, dass sie kurz etwas besprechen müssten und gingen vor die Tür.

Auf der anderen Straßenseite vor den Nebengebäuden des Bahnhofs waren sie ungestört.

Lisa schaute, ob ihnen jemand zuhörte. Als das nicht der Fall war, sagte sie zu Laura:

„Tim, dieser Kommissar, hat sich von uns die Geschichten von Anna und ihrem Mann und auch die vom Klaus Bauer, du weißt, das war der Kerl, der auf seinem Hochsitz erschossen wurde, erzählen lassen. Weil die Anna, die Martha und die Bettina jetzt alle drei Witwen sind, und sich untereinander Alibis geben, ist er auf die Idee gekommen, dass die drei in Wirklichkeit eiskalte Mörderinnen sein könnten, die sich gegenseitig geholfen haben, ihre Männer loszuwerden."

„Was für eine verrückte Idee", sagte Laura.

„Das sehe ich genauso, und Tim sprach selber auch von einer verrückten Idee. Ich glaube aber, dass er die Idee in Wirklichkeit gar nicht für so verrückt hält. Abgesehen davon, dass er bei der Bettina noch kein konkretes Mordmotiv erkannt hat, scheint er fast an seine Idee zu glauben."

„Verrückt!"

„Das sehe ich auch so", sagte Lisa. „Ich hatte dann auch eine verrückte Idee. Wie wäre es, wenn du der Anna - ganz vertraulich natürlich - erzählst, dass der Kommissar glaubt, dass der Norbert nicht vom Berg gefallen ist, sondern dass sie ihn runtergeschubst hat. Wir wären gespannt zu hören, wie sie darauf reagiert. Vielleicht könnte das ja helfen, ihn von seiner verrückten Idee abzubringen."

„Das kann ich gerne für dich tun. Die Anna ist heute auch hier. Sie sitzt hinten im Biergarten mit der Martha zusammen. Soll ich nachher mal zu ihr gehen und deine Idee umsetzen? Dann erfährst du heute noch etwas."

„Würdest du das für mich machen?"

„Wenn das nächste Bier auf dich geht..."

„Abgemacht!"

„O.K. Ich ruf' dich nachher an und sag' dir, was sich ergeben hat."

Als die beiden zurückkamen, waren die anderen neugierig.

„Was hattet ihr denn so Wichtiges zu besprechen?", fragte Monika.

„Etwas ganz privates", sagte Laura.

Dass die anderen ihr nicht glaubten, nahm sie hin.

Dann sprach Laura ihre Schwester an.

„Ich hatte gerade eine verrückte Idee, was deinen Kommissar angeht", sagte sie.

Lisa zuckte und dachte: 'Jetzt bloß nicht ausplaudern, was wir gerade besprochen haben!'

Aber Laura dachte nicht daran und sagte:

„Du könntest ihn doch auf den Geschmack bringen, was das Bergwandern angeht. Du sagtest, dass er eine sportliche Figur hat und bestimmt auch sportlich ist. Dann könntest du doch versuchen, ihn zu überreden, mal eine kleine Bergwanderung zu machen."

„An was dachtest du?"

Laura grinste und sagte:

„Eine leichte Einsteiger-Tour: Vom Höfatsblick über den Zeigersattel runter ins Oytal."

„Du spinnst wohl? Das ist doch nichts für Anfänger! Da reicht doch ein kleiner Ausrutscher und man purzelt den Berg runter", sagte Lisa.

„Wenn Mann nicht Norbert heißt und vorher ein paar Halbe als Mutmacher gesoffen hat, schafft Mann das! Oder meinst du, der Kommissar hat Höhenangst?"

„Das glaube ich nicht."

Laura ließ nicht locker.

„Vielleicht kannst du ihn ja ein bisschen provozieren. Ein bisschen mit Männlichkeit, Mut und so. So, dass er das unbedingt machen will."

Lisa konnte sich denken, auf was Laura aus war. Sie wollte, dass Tim einmal den Weg ging, auf dem Norbert umgekommen war. Aber konnte das wirklich helfen, ihn von seiner verrückten Idee abzubringen?

„Meinst du, ich kann ihn mit meinem weiblichen Charme zu so einer Tour überreden? Ich weiß nicht, ob das gut geht", sagte sie. „Ich lass' es mir mal durch den Kopf gehen."

Monika wollte genaueres zu dem 'Golfplatzfall' wissen.

„Was macht der Tote vom Golfplatz? Habt ihr schon eine heiße Spur?"

Lisa nickte.

„Ich kann euch nicht viel sagen, weil das bei laufenden Ermittlungen strengstens verboten ist. Wir wissen allerdings, dass der Huber mit seinem Teeverkauf einiges eingenommen hat, und haben uns seine Kundenliste angesehen, weil wir wissen wollten, ob einer seiner Kunden als Täter in Frage kommt."

Sie hatte das Wort Teeverkauf besonders betont, worauf Hanni kurz gezuckt hatte. Das war Lisa nicht entgangen.

Auch Monika schaute leicht verlegen.

„Aber bei seinen Kunden sehen wir keinen Grund, warum jemand von ihnen ihm etwas antun sollte."

Hanni schien erleichtert und sagte ganz unverfänglich:

„Reden wir nicht drum rum: ich habe schon mal einen 'Spezialtee' von ihm gekauft. Darauf wolltest du doch raus, oder?"

Lisa nickte.

'Schade', dachte sie. Eigentlich wollte sie Hanni doch ein wenig ärgern, weil sie sich so über Chantal lustig gemacht hatte.

„Aber damit mache ich mich doch nicht strafbar, oder?", fragte Hanni.

„Solange du nicht mit dem Zeug handelst, ist das nur eine Ordnungswidrigkeit, glaube ich."

„Und wie ist das, wenn sie mir eine abgegeben hat?", fragte Monika.

„Hast du ihr Geld dafür gegeben?"

Monika schaute Hanni an.

Beide schüttelten den Kopf.

„Ich glaube nicht", sagte Monika.

„Dann ist doch alles in Butter", sagte Lisa.

Dann hatten sie wieder andere Themen - Gottseidank!

Es wurde später, als es Lisa lieb war.

Der Heimweg kam ihr länger vor als sonst, und auch hatte sie das Gefühl, die Straße hätte sich verbogen.

Ihre Eltern waren wohl schon schlafen gegangen.

Lisa fiel gleich ins Bett.

9

Als Tim am Donnerstagmorgen hereinkam und die Kollegen begrüßte, fragte Walter ihn zwinkernd: „Na, wie sieht's aus? Jetzt ist die erste Woche bald um, und der Golfplatzfall ist immer noch nicht gelöst. Ich finde, es wird langsam Zeit."

„Das sehe ich auch so", sagte Tim. „Bei den Krimis im Fernsehen entlarven die Kommissare den Täter in kürzester Zeit, oder bringen ihn dazu, ein Geständnis abzulegen, oder es gibt eine Schießerei und der Täter liegt am Boden. Ich finde auch, dass das hier viel zu lange dauert."

Walter zog sich eine Jacke über und ging zur Tür.

„Ich muss jetzt wegen eines Einbruchs raus. Bis später."

Tim ging ins Büro und nahm sich die Notizen, die er sich bisher gemacht hatte. Er überlegte: Gab es noch weitere Personen, die als Täter in Betracht kamen?

Es war kurz vor Zehn, als Lisa hereinkam.

„Endschuldige, dass ich so spät bin", sagte sie, „aber die verdeckten Ermittlungen haben sich etwas länger hingezogen."

Tim grinste.

„Ich habe schon mitbekommen, dass es gestern in der Dampfbierbrauerei spät geworden ist."

„Woher weißt du das denn?", fragte Lisa erstaunt.

„Deine Schwester hat eben angerufen. Sie hatte es bei euch zuhause probiert; aber da warst du noch unter der Dusche, hat ihr deine Mutter gesagt. Deshalb hat sie hier angerufen. Sie hat mir auch schon gesagt, was aus unserer verrückten Idee geworden ist."

„Meinst du meine oder deine verrückte Idee?"

„Sowohl als auch. Deine Schwester hat gestern am späten Abend mit der Anna gesprochen und ihr gesagt, dass ich den Verdacht habe, dass sie damals ihren Mann vom Berg geschubst hat. Laura meinte, es war gut, dass sie die Anna gefragt hat. Wenn ich es gemacht hätte, hätte ich jetzt wahrscheinlich ein paar blaue Flecken. Die Anna war außer sich. 'Taktlos' war das harmloseste Wort, dass sie genutzt hat. Am Ende muss sie gesagt haben: 'Der soll aufpassen, dass er mir nicht auf dem Berg über den Weg läuft, und ich ihn runterschubse!"

„Hat sie das genau so gesagt, oder hat sie gesagt 'dass ich ihn **auch** runterschubse'?"

Tim schüttelte den Kopf.

„Sie hat definitiv nicht auch gesagt."

„Das heißt, wenn sie es getan haben sollte, dann hat sie sich nicht verplappert."

„Richtig. Deine Schwester hat auch gesagt, dass sie dir das nicht mehr gestern Abend erzählen konnte, weil es keine von den Freundinnen mitbekommen sollte. Ich finde übrigens meine verrückte Idee inzwischen auch nicht mehr verrückt; nur noch schräg."

„Das heißt, du hast deine verrückte Idee verworfen?"
Lisa schaute Tim an.

Er schien sich noch nicht im Klaren darüber zu sein, ob er die Idee verwerfen sollte oder nicht.

„Ich habe noch was", sagte Lisa. „Meine Schwester hatte auch eine verrückte Idee."

„Lass hören!"

„Meine Schwester will der Anna sagen, dass du am Wochenende frei hast und weil gutes Wetter angesagt ist, vorhast, auf das Nebenhorn zu fahren, um dir den Weg runter ins Oytal mal selber anzusehen. Sie hat dabei gelacht und meinte, du wärest doch sicher Manns genug, um nicht zu kneifen, und du hättest doch sicher keine Angst vor der Anna."

Tim schluckte.

„Was ist jetzt?", sagte Lisa mit einem schelmischen Lächeln. „Die Sache ist doch einfach: Wenn du es machst, die Anna dir auflauert und dich vom Berg schubst, dann können wir davon ausgehen, dass sie es mit ihrem Mann auch gemacht hat. Und wenn nicht..."

„...dann sieht es so aus, als hätte ich mich getäuscht", sagte Tim.

Er ergänzte: „Und wenn doch?"

Lisa lachte.

„Dann brauchen deine Kollegen in Kempten einen neuen Timmi[7]. Aber ich sehe in der Sache kein großes Risiko für dich. Schließlich war es doch nur eine verrückte Idee."

Sie setzte sich auf ihren Platz.

„Ich habe übrigens vor, gleich mit dir zu Frau Huber zu fahren", sagte Tim. „Ich kann mir nicht vorstellen, dass der Huber seine Geschäfte ausschließlich auf dem Golfplatz abgewickelt hat. Er muss einen Ort haben, wo er die Ware gewogen und konfektioniert hat. Den Kunden,

---

[7] Fernsehserie „Die Dinos" aus den 1990er Jahren:
Timmi war Versuchskaninchen von Herrn Eidechs, der gefährliche Experimente machte. Wenn Timmi bei einem Experiment umkam, sagte Eidechs: „Wir brauchen einen neuen Timmi".

die nicht zum Golfplatz kommen, um ihre Tütchen abzuholen, wird er sie wahrscheinlich als Großbrief oder Päckchen geschickt haben."

„Ich habe bei der Huber zuhause Figuren gesehen, die er innen aufgebohrt hatte. Wahrscheinlich hat er die Tüten in dichte Plastikbeutel gesteckt, vielleicht noch richtigen Tee dabei, und dann in den Figuren verpackt verschickt."

„Das kann ich mir auch vorstellen. Ich habe übrigens Verstärkung angefordert. Der Hausmann und Stupsi müssten inzwischen hier angekommen sein."

„Ich nehme an, dass der Hausmann ein Kollege von dir ist. Aber wer ist Stupsi?"

Tim lächelte.

„Der Stupsi ist ein Drogenspürhund. Nichts gegen deine Nase; die ist hübsch. Aber Stupsi hat mit Sicherheit eine bessere Nase als du, wenn es darum geht, Drogen zu erschnüffeln."

„Danke für das Kompliment", sagte Lisa.

Tim hatte inzwischen aus dem Fenster in den Hof geschaut.

„Er ist gerade angekommen. Lass uns runtergehen. Dann können wie gleich los."

Sie gingen in den Hof.

Der Kollege war mit einem Kombi gekommen und hatte die Heckklappe geöffnet, um Stupsi rauszulassen.

Stupsi sah lieb aus; er lief sofort zu Lisa, um sie zu beschnuppern. Dann lief er zu Tim, machte bei ihm das gleiche und lief wieder zu Lisa zurück.

„Du hast sicher ein Deo mit einem besseren Duft als Tim", sagte der Kollege zu Lisa und stellte sich vor:

„Hi, ich bin Peter, und das ist Stupsi, einer unserer besten Spürhunde."

Stupsi war indessen zu einer Hecke gelaufen und hatte eine Duftmarke gesetzt.

„Wo soll es hingehen?", fragte Peter.

„Richtung Alte Walserstraße", sagte Tim.

Stupsi sprang auf Anweisung wieder in den Kofferraum, und Tim setzte sich auf den Beifahrersitz. Lisa blieb nur die Rückbank.

'Klassische Rollenverteilung', dachte sie.

'Egal!'

Dann fuhren sie zur Alten Walserstraße.

Tim dirigierte seinen Kollegen in die richtige Richtung.

„Wie findet man sich hier ohne Navi zurecht?", fragte Peter.

„Indem man sich auskennt", sagte Tim, dem schon bei dem ersten Mal aufgefallen war, dass die Straße mehrere Abzweigungen hatte, aber alle Straßenabschnitte den Namen 'Alte Walserstraße' hatten.

Tim klingelte an der Tür.

Bettina Huber machte auf.

„Wir müssen noch einmal nach den Waren schauen, die ihr Mann verkauft hat", sagte Tim und hielt ein Schreiben hoch.

„Ich habe auch einen Durchsuchungsbefehl dabei."

Bettina ließ sie reinkommen.

Stupsi steuerte zielsicher die Treppe an und lief in den Keller runter. Die Polizisten und Bettina folgten ihm.

Sie waren alle erstaunt, dass Stupsi nicht den Raum ansteuerte, wo die Kartons waren, sondern den kleinen Werkraum.

Stupsi blieb von der Werkbank stehen, schaute Peter an und wedelte mit dem Schwanz.

Unter der Werkbank lag ein Karton mit einer Holzfigur. Peter nahm die Figur und hielt sie hoch.

„Oh, die ist aber leicht", sagte er. Er drehte sie um und sie sahen, dass die Figur innen hohl war. In ihr waren ein paar Tütchen.

Es war genauso, wie Lisa sich es gedacht hatte, als sie die andere ausgehöhlte Figur gesehen hatte.

„Fein gemacht", sagte Peter zu Stupsi.

„Ich hatte mir so etwas gedacht", sagte Tim.

Er zeigte auf die Apparatur, in die man die Figur einspannen konnte, um einen Bohrer zielgenau anzusetzen, und die Figur aufzubohren, ohne sie äußerlich zu beschädigen.

„Er hat seine Ware in den Figuren verschickt", sagte er.

„Wie bist du darauf gekommen?", fragte Lisa.

„Ich habe, bevor du kamst, die Emails ausgewertet, die du ausgedruckt hattest. Dabei fiel mir auf, dass es Kunden gibt, die 'Figuren mit Inhalt' bestellt haben. Mit Mengenangaben in Stück. Ohne weitere Angaben."

Er wandte sich an Bettina.

„Sind bei Ihnen oft Retouren angekommen?"

Bettina überlegte.

„Mein Mann hat schon mal Päckchen bekommen. Meistens hat er sie selber angenommen. Er war ja fast immer zu Hause. Ob das Retouren oder normale Sendungen waren, weiß ich nicht."

Peter ließ Stupsi noch einmal im Haus herumlaufen und schnuppern. Der Hund fand aber nichts mehr.

„Sie haben doch eine Hütte im Trettachtal", begann Tim. Lisa flüsterte ihm 'Traufbachtal' zu.

„Ich meine im Traufbachtal. Ich denke, Sie müssen mit uns dahinfahren. Wahrscheinlich hat ihr Mann da auch Sachen gelagert."

„Wenn's sein muss", sagte Bettina.

„Es muss sein", erwiderte Tim.

Es dauerte einige Zeit, bis sie am Ziel waren. Tim hatte die Zeit gestoppt. Wer weiß, ob es später noch interessant sein würde zu wissen, wie lange man für die Fahrt brauchte.

Peter stellte das Auto an den Wegrand und ließ Stupsi aus dem Auto.

Die Hütte sah aus, als wäre sie entweder neu, oder kürzlich erst von Grund auf renoviert worden.

Auf der Seite zum Weg hin, das war ungefähr Südwest, hatte sie einen Vorbau mit einer Terrasse, auf der zwei kleine Tische und vier Stühle standen.

Auf dem Dach waren eine Satellitenschüssel und Solarpaneelen angebracht. Hier konnte man es im Sommer sicher gut aushalten.

Während die anderen gerade erst aus dem Auto gestiegen waren und sich auf den Weg zur Hütte machten, war Stupsi schon losgelaufen. Er stand rechts von der Hütte und wedelte mit dem Schwanz.

„Er hat etwas gerochen", sagte Peter.

Als sie sich die Stelle aus der Nähe ansahen, sahen sie ein paar Zigarettenkippen auf dem Boden.

Peter nahm sein Handy und machte ein Foto.

„Das sind keine Kippen von der Stange", sagte er. „Die sehen selbst gedreht aus."

Inzwischen schloss Bettina die Tür auf.

Stupsi lief hinein und dann auf eine Kommode in der Stube zu, vor der er sich auf den Boden setzte und Peter ansah.

Peter nahm ein Leckerli für Stupsi aus der Tasche und gab es ihm.

„Eigentlich sind unsere Hunde so dressiert, dass sie ihre Arbeit auch ohne Belohnung machen, aber sie freuen sich trotzdem, wenn es zwischendurch mal etwas gibt", erklärte er.

Bettina schien nicht überrascht zu sein.

„Ich geb's ja zu", sagte sie. „Als wir am Wochenende hier waren, haben wir in der Schublade eine Handvoll Tütchen gefunden. Das hat uns alle überrascht. Weil wir am Abend Langeweile hatten und wussten, dass wir erst Montagfrüh losmüssen, haben wir es mal ausprobiert und ein paar Züge genommen. Ich hatte am Montag die Fenster an der Wohnstube gekippt, um den Geruch zu vertreiben, aber das hat anscheinend nichts genützt."

„Ich rieche hier auf Anhieb nichts mehr", sagte Tim.

„Dann hat sich das Lüften doch gelohnt", sagte Bettina. Die Situation schien ihr peinlich zu sein.

Währenddessen war Lisa in der Schlafkammer gewesen.

„Ich habe den Schrank und die Schubladen durchsucht. Da ist nichts, war für uns interessant wäre", sagte sie, als sie zurückkam.

Weil auch Stupsi keine Anstalten machte, in die Schlafkammer zu gehen, sahen Tim und Peter keinen Grund, ihr nicht zu glauben.

„Darf ich?", fragte Tim, und zeigte auf die Kommode. Bettina nickte.

Tim öffnete eine Tür an der Kommode; hier fand er eine silberne Aufbewahrungsbox, die man luftdicht verschließen konnte. Darin war eine große Tüte mit 'Gras'. In der oberen Schublade in der Kommode fanden sie außerdem eine Feinwaage und mehrere Rollen mit kleinen Plastiktütchen.

„Sieht aus, als hätte er die Ware hier konfektioniert", sagte Peter zu Bettina. „Kein Wunder, dass Sie nichts davon mitbekommen haben."

„Sie haben sicher nichts dagegen, wenn wir die Sachen mitnehmen", sagte Tim.

„Natürlich nicht."

„Ich denke, wir können wieder zurückfahren", sagte Lisa.

Sie packten die Sachen ein gingen nach draußen.

„Ist das Trinkwasser?", fragte Peter und zeigte auf eine vor der Hütte auf Holzblöcken liegende alte Badewanne, in die über ein Rohr Wasser lief.

„Ja, das ist Trinkwasser", sagte Bettina. „Das Wasser kommt aus einer Quelle im Berg. Wir haben es analysieren lassen. Es hat wirklich Trinkwasserqualität."

„Darf ich mir einen Schluck nehmen?", fragte Tim.

„Gerne", sagte Bettina, die zusammen mit Lisa zuletzt aus dem Schuppen gekommen war und gerade die Tür abschloss.

Die Männer waren an den Hahn gegangen, der an der Wanne war, und tranken etwas Wasser aus der Hand. Sie bekamen nicht mit, dass Bettina Lisa ein 'Danke' ins Ohr flüsterte.

Stupsi durfte auch noch etwas trinken, hob kurz das Bein und sprang wieder in den Kofferraum.

Dann ging es zurück nach Oberstdorf.

Auf der Fahrt drehte sich Tim zu den Frauen um und fragte Bettina: „Sollen wir Sie zu Hause absetzen, oder wollen Sie mit nach Oberstdorf kommen?"

„Ich komme mit. Ich will noch etwas einkaufen und fahr dann mit dem Bus zurück, oder gehe zu Fuß."

Es war kurz nach Zwei, als sie ankamen.

Peter verabschiedete sich noch auf dem Parkplatz.

Tim sagte zu Bettina: „Ich schreibe gleich einen Bericht. Wenn Sie wollen, kann ich Ihnen eine Kopie zukommen lassen."

„Und was machen wir heute noch?", fragte Lisa, als sie wieder im Büro waren.

„Mir ist noch etwas eingefallen", sagte Tim. „Der Huber hat doch auf seiner Internetseite von 'Tee aus eigenem Anbau' geschrieben. Meinst du, dass er seine Kunden belügt, oder baut er wirklich irgendwo Tee an?"

„Seine Frau hat gesagt, dass sie von seinen geschäftlichen Aktivitäten keine Ahnung hat. Aber ich kenne jemanden, der uns Auskünfte über Hubers Geschäfte geben könnte. Er braucht allerdings eine offizielle Anfrage, damit er es tun kann, ohne gegen Vorschriften zu verstoßen."

„Das hört sich gut an", sagte Tim. „Wer ist dann dieser Jemand?"

„Mein Vater", sagte Lisa. „Er ist beim Finanzamt. Er sagte mir, dass der Huber in seinen Zuständigkeitsbereich fällt; er hat die Buchstaben F bis J."

„Gute Idee", sagte Tim. „Ich rufe eben in Kempten an und bitte darum, dass offiziell Amtshilfe angefordert wird. Das ist nur eine Formsache. Wir könnten also schon loslegen."

Lisa rief sofort ihren Vater an.

Das Gespräch war kurz.

„Mein Vater ist gerade nicht am Platz. Sein Kollege, der das Gespräch angenommen hat, meinte, er müsse gleich wieder da sein. Er sagt ihm, dass er mich anrufen soll, sobald er wieder da ist."

In der Zwischenzeit gingen sie noch einmal die bis dato gewonnenen Erkenntnisse durch.

Ein paar Minuten später rief Lisas Vater an.

Lisa hörte aufmerksam zu und machte sich Notizen. Schließlich legte sie auf.

„Der Huber hat in Blaichach im Gewerbegebiet eine leerstehende Halle gekauft. Ich schau mal schnell bei Maps rein, wo das ist."

Sie tippte sie Adresse ein.

„Das ist direkt neben der Bahn an der Straße, die links der Iller nach Immenstadt geht. Sollen wir mal hinfahren?"

„Auf jeden Fall", sagte Tim. „Wer weiß, was er da getrieben hat."

10

Sie fuhren von Oberstdorf über die B19 bis Sonthofen und dann über die Illerstraße nach Blaichach.

Am Ortsende war auf der rechten Seite das kleine Gewerbegebiet, das im Osten an die Bahntrasse grenzte. Hinter der Bahn lag der Siegelsee.

„Die Hallen habe ich schon oft gesehen, wenn ich mit der Bahn nach Kempten gefahren bin", sagte Tim. „Aber ich habe mir nie Gedanken darüber gemacht, was hier geschafft wird."

„Mir geht's genauso", sagte Lisa. „Warum sollte man sich auch dafür interessieren, wenn man nicht speziell einen der Betriebe sucht."

Sie parkten den Wagen vor der Halle.

Die Halle sah unscheinbar aus. Sie war offensichtlich einmal eine Lager- oder Werkstatthalle gewesen, denn sie hatte auf der Straßenseite ein großes Tor und daneben eine Tür.

Die Halle war ungefähr fünfzehn Meter breit. Die Tiefe konnte man von der Straße aus nur schätzen, denn zwischen der Halle und den Nachbarhallen war nur ein schmaler Spalt, der gerade gereicht hätte, um sich in Richtung der Bahntrasse durchzuquetschen. Tim hatte sich einen Durchsuchungsbefehl schicken lassen, ihn im Büro noch schnell gedruckt und mitgenommen.

Einen Schlüssel hatten sie allerdings nicht.

„Wie kommen wir jetzt da rein?", fragte er.

„Hier ist ein Zahlenschloss", sagte Lisa.

„Schön, aber nutzlos, wenn man den Code nicht kennt."

„Ich habe mir die wichtigsten Daten der Familie Huber

aufgeschrieben. Meistens ist es ein Geburtsdatum oder der Hochzeitstag", sagte Lisa und tippte als erstes das Hochzeitsdatum ein.

Fehlanzeige.

Sie probierte Hubers Geburtsdatum. Es machte 'Klick' und das Schloss wurde entriegelt.

„Was wollen wir mehr?", fragte Lisa.

Sie betraten die Halle.

Vorne war ein Vorraum von etwa 6 Metern Tiefe, der von der linken Seite bis zu einem Büroraum an der rechten Seite reichte. Der hintere Teil der Halle war durch eine Mauer abgetrennt.

An der linken Seite der Halle stand ein Wagen, ein weißer Kombi.

„Wie viele von den Wagen gibt es denn hier in der Gegend?", fragte Tim erstaunt. „Das ist doch genau der gleiche Wagen, den auch der Moosbauer und der Flach haben; nur mit einem anderen Kennzeichen."

Er ging zu dem Wagen und schaute sich das Nummernschild an.

Dann nahm er sein Smartphone und klingelte die Kollegen in Kempten an.

„Könnt ihr mir auf die Schnelle sagen, wem der Wagen mit dem Nummernschild „OA - PI 1234" gehört?", fragte er.

…

„Ja, ich warte."

„Er meint, es dauert höchstens fünf Minuten". sagte er zu Lisa.

Sie gingen derweil in den Büroraum.

An der Seite zur nächsten Halle war ein Fenster; es stand auf Kipp. An der Wand zur Straße stand eine alte, abgewetzte Couch, auf der ein Kopfkissen und eine Decke lagen. In einer anderen Ecke stand ein halbleerer Kasten Bier, daneben lagen ein Pizzakarton und Tüten, wie man sie beim Bäcker für belegte Semmeln bekommt. Es sah so aus, als hätte sich jemand den Raum vorübergehend wohnlich eingerichtet.

Tims Handy klingelte.

Tim nahm das Gespräch an und hörte, was der Kollege zu berichten hatte.

...

„Das Nummernschild ist als gestohlen gemeldet? Seit wann?"

...

„Seit gestern Abend? O.K. Du hast mir sehr geholfen. Danke!"

Lisa hatte sich inzwischen den Wagen genauer angesehen.

„Das ist mit Sicherheit der Wagen, der beim Moosbauer vorm Haus gestanden hat. Ich hatte mir zwar das Kennzeichen nicht gemerkt, aber ich hatte gesehen, dass er links hinten eine Schramme hatte."

Sie zeigte auf die Stelle.

„Genau diese Schramme hat der Wagen hier auch."

„Dann können wir davon ausgehen, dass der Flach hier ist. Diesmal entwischt er uns nicht!", sagte Tim entschlossen. Er prüfte die Waffe, die er unter der Jacke trug. Sie war einsatzbereit.

„Einen Moment noch", sagte er und rief wieder in Kempten an.

„Ja, ich bin's wieder. Wir haben den Wagen des Flüchtigen aus Bühl gefunden. Er steht in einer Halle im Gewerbegebiet von Blaichach. Wir gehen jetzt rein. Informier die Kollegen in Immenstadt. Vielleicht haben sie jemanden frei, der rüberkommen und uns unterstützen kann."

...

„Danke."

Lisa hatte sich in dem Büroraum umgesehen. Auf dem Schreibtisch stand ein Laptop. Sie hatte den Deckel hochgeklappt und gesehen, dass eine App mit Bildern von Überwachungskameras aktiv war.

„Schau mal, die Halle ist videoüberwacht."

„Wenn die Anlage entsprechend konfiguriert ist, kann man die Bilder auch auf einem Smartphone sehen. Es könnte also sein, dass der Flach schon weiß, dass wir hier sind."

„Dann sollten wir vorsichtig sein", sagte Lisa leise.

Sie gingen wieder in den Vorraum.

Direkt neben dem Büroraum war eine Tür, durch die man in den hinteren Teil der Halle gehen konnte.

Tim hielt den Finger vor den Mund.

„Ich vermute, dass der Flach irgendwo in der Halle ist", flüsterte er Lisa zu.

Er nahm vorsichtshalber die Pistole in die Hand.

Sie gingen durch die Tür und kamen in einen Raum, der ungefähr die gleichen Maße hatte, wie der Vorraum. Das Licht war eingeschaltet, aber niemand zu sehen.

Mittig im Raum waren Beete mit Pflanzen, die sich fast über die gesamte Breite der Halle ausdehnten, und dicht an dicht standen. An der Rückwand gab es rechts wieder eine Tür.

Weil zwischen den Beeten kein Durchkommen war und sie auf der Seite, wo Tim und Lisa hereingekommen waren, bis an die Wand reichten, mussten sie zuerst nach links bis ans Ende gehen und dann auf der anderen Seite wieder zurück.

Dann standen sie vor der Tür. Tim öffnete sie und ging mit vorgehaltener Pistole voraus.

Sie kamen in einen dritten Raum, der genau wie der davor aussah.

Sie hörten, dass eine Tür zugeschlagen wurde.

„Ich fürchte, dass er gerade über eine Seitentür raus ist." Sie liefen sofort wieder zurück. Die Tür zwischen der Halle und dem Vorraum war zu und abgeschlossen.

„Mist!", sagte Tim und suchte den Dietrich, den er in der Hosentasche hatte. Sie hörten, dass der Motor des Wagens im Vorraum gestartet wurde. Glücklicherweise hatte die Tür ein einfaches Schloss, so dass es nicht lange dauerte, bis Tim sie geöffnet hatte.

Aber es war zu spät: Das große Tor war auf und der Wagen war weg, als sie in den Vorraum kamen.

Sie gingen nach draußen an die Straße. Der Wagen war schon nicht mehr zu sehen.

„Scheiße!", sagte Tim enttäuscht. „Er ist uns doch wieder entwischt."

Weil Lisa ihn erstaunt ansah, sagte er noch: „Tut mir leid, das ist mir rausgerutscht. Normalerweise sage ich sowas nicht."

Lisa lächelte verständnisvoll.

„Das ist menschlich", sagte sie.

Kurz darauf kam ein Streifenwagen mit zwei Kollegen um die Ecke.

Der Polizist auf der Beifahrerseite stieg aus.

Lisa schaute Tim vielsagend an. Es waren die beiden Kollegen vom Vortag in Bühl.

„Ist euch eben ein weißer Kombi entgegengekommen?", fragte Tim.

Der Kollege schüttelte den Kopf.

„Also muss er in Richtung Süden zur B19 gefahren sein", sagte Tim. „Dann werden wir ihn so schnell nicht kriegen."

„Sollen wir einen Fahndungsaufruf starten?", fragte der Kollege.

„Nein", sagte Tim, „die Fahndung läuft schon wegen der Geschichte gestern in Bühl. Ich sag' den Kollegen in Kempten Bescheid, das der Flach noch immer mit seinem Wagen auf der Flucht ist, aber ein anderes Kennzeichen hat. Danke für eure Hilfe! Ihr könnt wieder zurückfahren."

Zu Lisa sagte er:

„Lass uns die Halle weiter untersuchen."

Sie gingen zurück in die Halle und schauten sich die Pflanzen an.

„Warst du gut in Biologie?", fragte Tim.

„Ich hatte im Abi-Zeugnis in Bio nur eine Eins-Minus", sagte Lisa bescheiden. „Pflanzenkunde hatten wir in der Mittelstufe, aber das ist lange her. Wenn das hier Tee ist: Ich weiß, wie Teeblätter aussehen, wenn ich sie fertig kaufe und nur noch in ein Teesieb legen muss. Wie die Pflanze an sich aussieht, davon habe ich keine Ahnung. Wie ist es bei dir?"

„Ähnlich. Aber das haben wir gleich."

Tim nahm sein Smartphone. Der Empfang war in der Halle recht gut und so konnte er sich über Wikipedia informieren.

Sie schauten sich die Webseite gemeinsam an.

„Tee ist eine Pflanze aus den Tropen und Subtropen", las Tim vor.

„Deshalb ist es hier so warm und feucht", sagte Lisa.

In die beiden Räume mit den Teepflanzen war eine aufwendige Klimaanlage eingebaut worden, die tatsächlich ein subtropisches Raumklima erzeugte.

„Die Anlage braucht doch sicher eine Menge Strom und Wasser", sagte Tim. „Meinst du, dass der Ertrag mit dem Tee reicht, um die Kosten zu decken?"

„Kaum", sagte Lisa.

Sie erinnerte sich daran, dass ihr Vater von einer Solaranlage gesprochen hatte. Sie rief auf ihrem Smartphone ein Programm auf, mit dem man sich Satellitenbilder ansehen konnte.

Darauf konnten sie sehen, dass das Dach der Halle komplett mit Solarzellen bedeckt war.

„O.K. Den Strom produziert er selber. Aber die Halle und die Anlage haben sicherlich einige Tausender gekostet. Und das für ein paar Teesträucher?", fragte Tim.

Er konnte sich nicht vorstellen, dass die Anlage profitabel sei.

„Mein Vater sagte mir, dass der Huber bei der Steuererklärung immer Verluste angibt. Die Halle sieht übrigens auf dem Satellitenbild viel größer aus. Ich denke, dass es hinten noch mindestens einen weiteren Raum gibt."

„Richtig. Als der Flach abgehauen ist, waren wir im dritten Raum, und er war auf jeden Fall weiter hinten."

„Warte einen Moment; ich bin gleich wieder da", sagte Lisa.

Sie flitzte nach draußen, ging an der Halle entlang und zählte ihre Schritte. An der Rückseite der Halle war kein Eingang. Auf der anderen Seite war die Lücke zur Nachbarhalle mit einem Dornenstrauch zugewachsen, so dass Lisa lieber wieder den Weg zurückging, den sie gekommen war.

Zur Sicherheit zählte sie erneut ihre Schritte.

Als sie wieder bei Tim war berichtete sie ihm:

„Ich habe 70 Schritte bis ans Ende der Halle gebraucht. Pro Schritt mache ich etwa 70 Zentimeter, das heißt, dass die Halle ungefähr 50 Meter lang sein muss."

„Das heißt, wir sind erst in der Mitte", sagte Tim. „Es muss also noch mindestens einen weiteren Raum geben. Ich habe die Wand abgeklopft, als du draußen warst. Sie hört sich überall fest an. Eine Tür scheint nicht in ihr versteckt zu sein."

„Ich konnte von hinten nicht auf der anderen Seite zurückkommen; da ist der Spalt zur Nachbarhalle ziemlich zugewachsen. Wo ich war, habe ich keine Tür gesehen. Vielleicht ist auf der anderen Seite ein Eingang. Ich probiere es mal von vorne aus", sagte Lisa und flitzte wieder nach draußen.

Auf der anderen Seite hatte sie Glück, denn von der Straße aus war der Durchgang zwischen den Hallen frei. Nach etwa 30 Metern fand sie auf der linken Seite eine Tür, allerdings mit einem normalen Schloss. Sie versuchte, die Tür zu öffnen. Sie war abgeschlossen.

'Also noch mal zurück', dachte sie sich, und lief zurück zum Eingang der Halle.

Tim war inzwischen auch wieder nach vorne gekommen.

„Ich habe eine Tür gefunden, die aber abgeschlossen ist. Wir müssen einen Schlüssel suchen", sagte Lisa.

Sie gingen in den Büroraum.

An einem Haken über dem Tisch hing ein Schlüsselbund mit mehreren Schlüsseln.

Tim nahm ihn und sagte: „Auf geht's!"

Sie gingen an der Halle vorbei, bis an die Stelle, wo die Tür war.

„Ich kenne Kollegen, die wären hier nicht durchgekommen", sagte Lisa.

'Und Chantal auch nicht!', dachte sie.

Tim schaute weiter in Richtung der Bahntrasse.

„Da wäre ich auch nicht gerne durchgegangen", sagte er, als er den dichten Dornenstrauch sah.

Nachdem sie die Tür geöffnet hatten, kamen sie in einen kleinen Vorraum, von dem aus es durch eine weitere Tür in die Halle ging. Es kam ihnen ein bekannter Geruch entgegen.

Wie erwartet war niemand zu sehen.

„Alles klar", sagte Tim. „Hier hat der Huber wohl seinen ganz besonderen 'Tee' angebaut."

Er zeigte nach oben auf die Außenwand über dem Vorraum.

„Eine spezielle Lüftung. In die hat er sicherlich gute Filter eingebaut, damit man draußen nichts riecht."

„Er hat wohl an alles gedacht", sagte Lisa. „Wenn er immer einen Moment gewartet hat, bevor er rausging, war die Luft im Vorraum wieder frisch, und man konnte draußen nichts riechen. Clever!"

Der Rest der Halle war etwa genau so groß, wie die drei vorderen Räume zusammen. Er war voll mit Cannabispflanzen.

„Bei der Menge, die er hier produzieren kann, erübrigt sich auch die Frage nach einem Lieferanten", sagte Tim.

„Womit ein weiterer potentieller Mörder wegfällt."

„Schade eigentlich", sagte Lisa.

„Wieso schade?"

„Weil damit die Wahrscheinlichkeit, der Täter zu sein, bei den anderen Verdächtigen wieder steigt."

„Du glaubst immer noch nicht, dass es jemand aus dem näheren Umfeld war. Richtig?"

„Richtig. So, wie ich die Verdächtigen bisher gesehen habe, kann ich mir beim besten Willen nicht vorstellen, dass eine oder einer von ihnen ein Mörder ist."

„Aber wer soll es sonst gewesen sein?"

„Hmm …"

Lisa kramte nach einer Erinnerung.

Tim wartete geduldig ab.

Eine Minute später hatte Lisa es wieder.

„Ich habe vor Jahren einen französischen Film gesehen, in dem ein Schüler erstochen worden war. Es gab eine Menge Verdächtige, aber von denen war es keiner. Am Ende kam heraus, dass der Junge auf dem Heimweg von einem Tête-à-Tête zufällig einem kriminellen Landstreicher begegnet war, der ihn ohne Grund und ohne Motiv abgestochen hat."

„Das soll es auch geben", sagte Tim. „In so einem Fall sind wir natürlich chancenlos, es sei denn, dass zufällig jemand die Tat beobachtet hat."

„Denk an den Fall mit dem Jäger auf dem Hochsitz - wie will man so einen Fall aufklären? Du hast zwar einen Täter, der sich zu der Tat bekennt, aber er ist und bleibt ein Phantom."

„Ich frage mich, ob der Flach vorhin wirklich hier hinten in der Halle war, als wir rein gegangen sind. Ich glaube eher, dass er uns auf den Bildern der Überwachungskamera gesehen hat und draußen in der Nähe gewartet hat, bis wir so weit hinten in der Halle waren, dass er sicher sein konnte, Zeit genug zu haben, um das Tor zu öffnen und wegzufahren, bevor wir wieder hier sind", sagte Tim.

„Du meinst, wir haben gehört, dass eine Tür in einer der Nachbarhallen zugeschlagen wurde?", fragte Lisa.

„Richtig. Wenn die Gebäude schlecht isoliert sind gibt es schon mal Schallbrücken."

„Stimmt", sagte Lisa, „da, wo wir wohnen, sind mehrere Mietshäuser direkt aneinandergebaut. Unser Keller ist ein großer Raum, der mit Stahlgittern unterteilt ist. Ich war als kleines Mädchen mal da unten, um etwas zu holen. Weil die Tür abgeschlossen war, als ich kam, war ich mir sicher, dass ich alleine da unten war. Dann hörte ich, dass jemand eine Tür zugeschlagen hat. Das hat mir einen gehörigen Schreck eingejagt. Ich habe dann im ganzen Keller nachgesehen, aber es war außer mir niemand unten. Das Geräusch muss also von einem der Nachbarhäuser gekommen sein. Mein Vater hat mir dann das mit den Schallbrücken erklärt. Aber ich hatte danach trotzdem immer ein mulmiges Gefühl, wenn ich in den Keller ging. Ich war halt noch klein."

So etwas hatte Tim auch schon erlebt.

„Hier sind aber Lücken zwischen den Hallen", sagte er. „Ich denke schon, dass das Geräusch von hier kam. Der Flach hatte doch während wir hinten im dritten Raum waren die Zwischentür zugeschlossen, damit wir nicht so schnell wieder hier vorne sind. Wahrscheinlich hat er sie dabei zugeknallt."

„Das kann sein. Ich frage mich allerdings noch, woher der Flach wusste, dass der Huber hier seine Halle hat. Der wird bestimmt nicht einen Zettel mit der Adresse in seinem Golfbag gehabt haben."

Tim hatte eine Idee.

„Ich denke, dass der Flach nicht Kunde vom Huber ist, sondern ein Partner, der sich um die Pflanzen kümmert und auch Kurierdienste macht."

„Das würde erklären, warum er den Huber am Golfplatz treffen wollte und beim Moosbauer so heftig die Rückgabe von 'Tüten' verlangt hat."

Tim stimmte ihr zu:

„Ich stelle mir das so vor: Der Huber hat die Halle organisiert und so umgebaut, dass sie hier den Tee und das Gras anbauen können. Um die Pflanzen hat sich der Flach gekümmert. Der Huber hat die Pflanzen nach der Ernte mit in die Hütte oben im Wald genommen, da in aller Ruhe ungestört portioniert und abgepackt, dann mit zum Golfplatz genommen und auf dem Parkplatz an einzelne Kunden und seinen Komplizen weitergegeben. Er hat sozusagen die geschäftliche Seite gemacht, der Flach hauptsächlich die gärtnerische. Wenn es so war, dann hat Hubers Frau von dem Ganzen vermutlich wirklich nichts mitbekommen."

„Sie sagte ja, sie hatte von den Geschäften ihres Mannes, mal abgesehen von den Holzfiguren, keine Ahnung", sagte Lisa.

Tim nickte zustimmend.

„Das wird so sein. Als die drei Frauen dann während ihrer letzten Bergtour ein paar Tüten gefunden haben, dachten sie wahrscheinlich, dass der Huber sie da deponiert hatte, um ab und zu in Ruhe eine zu rauchen."

„Und haben sich auch eine gegönnt."

Lisa hatte Tim nicht gesagt, dass sie in der Hütte im Schlafzimmer am Fenster einen benutzten Aschenbecher gefunden hatte. Die Freundinnen hatten sich wohl vor dem Schlafengehen einen Joint genommen; als Schlafmittel sozusagen.

„Es passt alles zusammen", sagte Tim, „aber wir haben immer noch keinen, bei dem wir fest davon ausgehen können, dass er der Mörder ist."

„Oder keine, bei der wir fest davon ausgehen können, dass sie die Mörderin ist", ergänzte Lisa, wobei sie die Betonung auf die geschlechtsspezifischen Wörter legte.

„Und ein schlüssiges Motiv haben wir auch noch nicht."

„Der Flach wird es sicher nicht gewesen sein", sagte Lisa.

„Das glaube ich auch nicht. Was ich für möglich halte: Der Huber und der Flach nehmen Anderen, die schon länger im Geschäft sind, die Butter vom Brot. Und die räumen ihre Konkurrenten mal eben aus dem Weg. Die Möglichkeit werde ich mit der Rauschgiftabteilung besprechen", sagte Tim.

Er informierte seine Kollegen in Kempten über ihren Fund, und darüber, dass Flach weiter auf der Flucht sei, und sie fuhren zurück nach Oberstdorf.

Als sie im Büro saßen sagte Lisa:

„Ich habe noch eine Frage zu Hubers Kundenliste. Soll ich die Liste mit den 'Spezialteekunden' ausdrucken?"

„Auf jeden Fall", sagte Tim. „Wer weiß, ob wir nicht noch deren Alibis prüfen müssen."

„Darf ich die Liste auch meinem Chef und Walter zeigen?", fragte Lisa, „oder müssen wir sie erst einmal unter Verschluss halten?"

„Zeig sie ihnen ruhig", sagte Tim. „Vielleicht können sie besser als wir einschätzen, ob darunter jemand ist, den wir in die Liste der Verdächtigen aufnehmen müssen. Ich komme morgen übrigens erst gegen Zehn. Mein Chef hat mich gebeten, mit den Kollegen vom Rauschgiftbereich auszutauschen. Ich denke, dass wir jetzt Feierabend machen können."

„Schön", sagte Lisa, „dann kann ich noch ein bisschen von dem Schlaf nachholen, der mir letzte Nacht gefehlt hat."

Tim verabschiedete sich und machte sich auf den Heimweg.

Lisa hatte nicht gelogen, als sie Tim sagte, dass sie noch etwas Schlaf nachholen wollte. Sie druckte die Liste mit den 'Spezialtee-Kunden' aus, prüfte, ob alle Geräte ausgeschaltet waren, und ging nach unten.

Als sie auf dem Weg nach draußen war, traf sie den Chef, der sich auch gerade auf den Heimweg machte.

„Und, wie sieht es aus? Kommt ihr weiter?", fragte er.

„Sieht so aus", sagte Lisa. „Wir haben übrigens eine Liste mit Hubers Kunden, die nicht nur Tee, sondern auch etwas zum Rauchen bei ihm gekauft haben. Soll ich dir morgen früh eine Kopie rüberreichen?"

„Gerne! Ich bin gespannt, wen wir da alles finden. Dann bis morgen!"

Als Lisa nach Hause kam, wartete ihre Mutter schon sehnsüchtig auf sie.

„Ich konnte dich gestern Abend gar nicht fragen, was ihr gemacht habt, und heute Morgen wolltest du mir nichts erzählen, weil du so spät dran warst. Erzähl schon! Was ist alles passiert?"

„Darf ich erst einmal die Schuhe ausziehen und etwas essen?"

„Natürlich. Dein Vater ist eben in Immenstadt losgefahren. Wir können gleich zusammen essen. Ich habe ein schönes Gulasch mit Nudeln gemacht, und nachher gibt es noch einen Schokopudding mit Vanillesoße", sagte Traudel.

Das hörte sich gut an.

Lisa wusste, dass ihre Mutter am liebsten wieder sofort alles Neue erfahren hätte. Aber jetzt kam 'Brisant', eine ihrer Lieblingssendungen. Die wollte sie wohl auf keinen Fall verpassen.

Genau so war es.

„Wir können ja nach dem Essen reden", sagte Traudel.

„Jetzt will ich 'Brisant' sehen."

„Eigentlich bist du fürs Seniorenfernsehen doch noch zu jung", sagte Lisa spöttelnd.

„Brisant ist doch kein Seniorenfernsehen", entgegnete Traudel entrüstet. „Die bringen ganz wichtige Infos. Ich bin mal gespannt, ob unser Mordfall heute endlich erwähnt wird. Bisher haben sie kein Wort dazu gesagt."

Lisa zog sich in ihr Zimmer zurück.

Es war schon nach halb Sechs, als sie hörte, dass ihr Vater nach Hause kam.

Kurz vor sechs saßen sie dann beim Abendessen.

Lisas Mutter war als erste fertig, während Lisa und ihr Vater noch eine kleine Pause einlegten, bevor sie mit dem Nachtisch anfingen.

Dann war es endlich soweit.

Wolfgang wollte natürlich auch wissen, was es Neues zum Golfplatzfall gab.

„Viel neues gibt es nicht", begann Lisa, „außer, dass wir herausgefunden haben, dass der Huber nicht nur Tee und Holzfiguren verkauft hat. Ich darf euch aber nicht erzählen, was er sonst noch im Angebot hatte."

Sie wandte sich an ihre Mutter.

„Apropos erzählen - waren deine Freundinnen denn vorgestern nicht enttäuscht, dass du ihnen nicht alle Details zu dem Golfplatzfall sagen konntest? Die denken doch sicher, dass du alles weißt, weil du an der Quelle sitzt, und haben dich mit Fragen gelöchert."

Wolfgang grinste und sagte:

„Wie ich die kenne, müssen sie sehr enttäuscht gewesen sein. Die wollen doch immer alles wissen, und das am liebsten schon bevor es passiert ist."

„Wäh, wäh, wäh", sagte Traudel entrüstet, „jetzt übertreibt nicht. So schlimm sind die gar nicht! Und ich auch nicht! So, und jetzt lasst mich in Ruhe fernsehen. Den Abwasch dürft ihr heute machen!"

So sprach sie und entschwand.

„Geh du ruhig schon in dein Zimmer", sagte Wolfgang. „Ich kann den Abwasch auch alleine machen."

Lisa fand das gut.

Das Buch, das sie aktuell las, war immer noch nicht zu Ende gelesen.

Und es war spannend.

Und dick!

11

Es war Freitagmorgen.

Lisa hatte gut geschlafen, ihrer Mutter wieder versprochen, sie sofort zu informieren, falls es etwas ganz Besonderes gab, und war zur Wache gegangen.

Weil Tim noch nicht da war, legte sie einen Zettel auf den Tisch 'Ich bin beim Chef' und ging zu Fingerhut.

Sie legte ihm die Liste der 'Spezialtee'-Kunden vor. Es waren etwa 100 Personen, ein Teil aus Oberstdorf, die anderen hatten Adressen aus unterschiedlichen Regionen.

„Den Leuten, die nicht in der Umgebung wohnen, hat der Huber die Ware per Post geschickt", sagte Lisa. „Ich werde gleich mit Tim schauen, ob wir genaueres über den Versand herausbekommen."

Fingerhut sagte mehrmals leise „Aha", während er die Liste durchsah. Erstaunlich, wer alles zu Hubers 'Spezialtee'-Kunden gehörte!

Wie schon Lisa war auch er überrascht, weil er ein paar Namen von Leuten sah, die sie kannte, und denen er das nicht zugetraut hätte. Aber wie sagt man: Du schaust keinem in den Kopf!

Gegen Elf kam Tim herein.

Er hatte Lisas Zettel gelesen und war zu Fingerhut ins Büro gekommen.

„Entschuldigt, dass ich etwas später bin als geplant, aber unser Zug stand fast eine Stunde in Langenwang. Der Lokführer war echt genervt, als er eine Durchsage machte:"

Tim schaffte es, die blechern und frustriert klingende Stimme des Fahrers nachzuahmen:

„Am Bahnübergang am Campingplatz in Oberstdorf gibt es eine technische Störung, und deshalb haben wir einen Rückstau in der Ausfahrt aus Oberstdorf. Weil unser Zug in Oberstdorf eine längere Pause hat, bis er zurückfährt, haben die höheren Herren entschieden, dass wir zuerst alle Züge aus Oberstdorf durchlassen müssen, bevor wir weiterfahren dürfen.

Ich kann den Mann verstehen; schließlich fällt auch seine Pause fast komplett weg."

Fingerhut zeigte ihm die Liste.

„Ich habe keinen gefunden, dem ich einen Mord zutraue. Es sind ausnahmslos ordentliche Leute, die wahrscheinlich eher froh sind, dass sie jemanden haben, der sie ab und zu mit einem Tütchen versorgt, und bei dem sie sich auf absolute Diskretion verlassen können."

„Das habe ich mir schon gedacht", sagte Tim. „Allerdings kann es immer mal zu einer Situation kommen, wo jemand ausrastet."

Fingerhut schaute in Richtung der Wache, wo er eben an Walter vorbeigekommen war, der wieder Dienst dort hatte.

Weil Walter schon etwas älter war, schickte Fingerhut lieber die jüngeren Kollegen auf Streife oder zu Außeneinsätzen. Walter hatte lange Jahre gute Arbeit geleistet und Fingerhut honorierte das. Deshalb hatte er auch Walter ausgewählt, als es darum ging, Lisa einzuarbeiten.

„Ich werde Walter bitten, die Liste abzuarbeiten und die Leute zu befragen, wo sie letzten Samstagabend waren.

Das macht er sicher gerne", sagte Fingerhut.

Tim war einverstanden.

Dann gingen er und Lisa ins Büro.

„Wir sollten versuchen herauszubekommen, wie der Huber seine Ware an die Leute gebracht hat, die nicht in der Umgebung wohnen", sagte Lisa.

„Wir haben doch im Keller ausgehöhlte Holzfiguren gefunden, die er als Transportverpackung genutzt hat", sagte Tim.

„Aber meinst du, dass seine Kunden die Figuren sammeln oder gar vernichten?"

Tim schüttelte den Kopf.

„Ich denke, er hatte eine Art Pfandsystem, d.h. die Kunden haben einmal für eine Figur gezahlt, schicken sie zurück, wenn sie die Ware rausgeholt haben, und er verwendet sie bei der nächsten Fuhre wieder."

„Und für Neukunden hat er neue Figuren parat gemacht. Das kann gut sein."

Lisa überlegte.

„Seine Frau hat mir nicht gesagt, dass er viele Pakete bekommen hat. Ich glaube, wenn das so gewesen wäre, hätte sie es mitbekommen und mir sicher auch gesagt."

„Vielleicht hat er eine Packstation genutzt."

„Das ist möglich. Da kannst du Pakete abgeben und auch abholen, ohne dass jemand dumme Fragen stellt. Wir haben doch den PC hier. Vielleicht hat er auch den Versand dokumentiert."

„Das kann ich mir gut vorstellen. Wenn er schon Buch über die Verkäufe geführt hat, dann hat er sicherlich auch Versandbelege gesammelt oder Onlinebelege auf dem Rechner gespeichert."

Lisa schaltete Hubers PC, der noch auf ihrem Schreibtisch stand, ein und schaute nach.

„Hier ist es: Ein Ordner 'Versand'".

Sie öffnete den Ordner. Nach Datum sortiert fanden sie einige Sendungsinformationen; die ältesten waren von 2020, kurz nach Beginn der Corona-Pandemie.

„Es sieht so aus, als hätte er den Handel mit Tee und dem Gras erst kurz nach Pandemiebeginn angefangen", sagte sie.

„Wahrscheinlich als Ausgleich für die Einnahmen aus der Vermietung, die damals weggefallen sind. Zu der Zeit hat der Huber aber doch auch die Halle gekauft und umgebaut. Konnte dir dein Vater sagen, wie er das finanziert hat?"

Lisa nickte.

Dann sagte sie mit einem leichten Grinsen:

„Ist diese Frage mit der Bitte um Amtshilfe auch abgedeckt, oder dürfen wir nur die Infos zu der Halle nutzen? Nicht, dass uns hinterher ein Richter sagt, dass wir die Infos nicht gebrauchen durften, und sie nutzlos sind."

„Mach dir deswegen keine Sorge", sagte Tim, „die Amtshilfeanfrage war weitreichend genug. Was hat dir dein Vater denn noch erzählt?"

„Kann ich mir noch einen Tee machen, bevor wir anfangen?"

„Klar. Ich gehe solange etwas Körperabwasser wegbringen."

Bis Tim zurückkam hatte sich Lisa einen Tee aufgegossen und die Infos, die ihr ihr Vater gegeben hatte, gedanklich sortiert.

Sie legte los:

„Der Huber hat eine mittlere fünfstellige Summe für den Kauf und Umbau der Halle als Kredit bei der Volksbank aufgenommen. Seine Ausgaben lagen seitdem immer deutlich über den Einnahmen aus dem Verkauf seiner Tees und der Holzfiguren. Ein Minusgeschäft also."

„Hat denn seine Frau das nicht gemerkt? Irgendwo muss er doch das Geld hergehabt haben, um die Zinsen und die Tilgung zu bezahlen?", fragte Tim erstaunt.

„Nö", sagte Lisa, „ein Minusgeschäft hat er nur bei der Steuererklärung angegeben. Mein Vater sagte, dass der Huber sicher noch andere Einnahmen hatte, die er nicht versteuert hat. Aber das konnte man ihm nicht so einfach nachweisen. Er sagte auch, dass der Huber über kurz oder lang Besuch von der Steuerprüfung bekommen hätte. Aber sie haben zu wenig Personal, weshalb sie nur etwa zehn bis zwanzig Prozent der Gewerbetreibenden so genau prüfen können, wie es eigentlich sein sollte. Deshalb konzentrieren sie sich auf die Fälle, wo für den Staat wirklich etwas zu holen ist. Der Fall Huber ist nicht interessant genug."

„Das heißt, wir braven Steuerzahler, die ihr Geld direkt vom Gehalt abgezogen bekommen, sind die Dummen. Oder sehe ich das falsch?"

„Nö."

Tim war irritiert. Lisa war heute so locker drauf, wie er sie noch nicht erlebt hatte. Sie führte sicher etwas im Schilde. Aber was?

Es war inzwischen kurz nach Mittag.

„Außer der Tatsache, dass der Flach immer noch auf der Flucht ist, wüsste ich nichts, das uns daran hindert, jetzt das Wochenende einzuläuten", sagte Lisa fröhlich.

„Du hast Recht", sagte Tim. „Ich denke, wir sehen uns am Montagmorgen in aller Frische wieder."

„Denkst du auch daran, dass du am Wochenende eine kleine Bergwanderung geplant hast?", fragte Lisa lächelnd.

Das war es! Die Bergtour, die Lisa und ihre Schwester von ihm verlangten. Deshalb war sie so gut drauf! Hatte die Sache einen Haken, den Tim noch nicht erkannte?

„Bist du dir sicher, dass der Weg, den ich am Sonntag gehen soll, wirklich ungefährlich für mich ist?", fragte er zur Sicherheit noch einmal nach.

„Ich bin den Weg schon ein paarmal gegangen", sagte Lisa, „sowohl rauf, als auch runter. Wenn du nicht fußkrank bist, dann ist er absolut für dich geeignet. Und schön ist er auch."

Tim war sich nicht sicher, ob Lisa das ernst meinte, denn sie hatte wieder schelmisch gelächelt, als sie es sagte. Aber kneifen wollte er auch nicht.

'Denen zeig's ich!', dachte er.

„Gut, dass du mich daran erinnerst", sagte er. „Hoffentlich spielt das Wetter am Sonntag mit."

Sie gingen zusammen nach unten.

„Ich muss noch kurz mit Walter reden. Tschüss bis Montag", sagte Lisa.

Lisa ging in die Wache zu Walter. Er hatte die Liste mit Hubers Kunden vor sich. Es waren schon einige Namen markiert.

„Schau her: Die Leute, die ich markiert habe, habe ich schon erreicht. Sie sagten alle, dass sie bei Huber Tee gekauft haben. Erst als ich ihnen gesagt habe, dass sie von uns nichts zu befürchten haben, hat der eine oder die andere zugegeben, dass es auch schon einmal ein Tütchen mit Hasch war. Aber es ist so, wie wir schon gedacht haben. Die Leute hatten alle ein freundschaftliches Verhältnis zum Huber; Zoff hatte mit ihm keiner."

„Das hätte mich auch gewundert. Jetzt bin ich mal gespannt, wie Tim auf dem Berg zurechtkommt."

„Und ich bin gespannt, wie lang es noch dauert, bis der Flach sich stellt. In der Halle kann er sich ja nicht mehr aufhalten."

„Öh…", sagte Lisa, „ich glaube, wir haben etwas vergessen!"

„Was denn?"

„Wir haben die Halle nicht versiegelt, als wir gegangen sind, und ob die Kollegen aus Immenstadt von sich aus auf die Idee kommen, der Halle ab und zu einen Besuch abzustatten, glaube ich auch nicht. Meinst du, wir könnten eben zusammen rüberfahren?"

„Das ist doch eigentlich die Aufgabe von Tim, oder sehe ich das falsch?", fragte Walter.

„Das stimmt", sagte Lisa, „aber wir sind doch ein Team! Ich frage den Chef."

Sie ging noch einmal zu Fingerhut.

Er hörte sich Lisas Bedenken an.

„Walter hat eigentlich Recht; um die Halle müssten sich eigentlich andere kümmern. Aber wenn du willst, kannst du gerne noch einmal rüberfahren. Oder hast du schon Überstunden?"

Lisa lachte.

„Selbst wenn es so wäre, wär's mir egal. Tim hat anscheinend auch keine Lust, Überstunden anzusammeln. Deshalb bin ich voll im Soll. Aber es wurmt mich, dass ich nicht daran gedacht habe. Und die beiden Topkollegen aus Immenstadt haben mit Sicherheit auch nicht daran gedacht, die Halle zu versiegeln. Ich fahre noch mal eben rüber. O.K.?"

Fingerhut war einverstanden.

Lisa zog sich schnell die Bikerkluft an und schwang sich auf das Dienstmotorrad.

Auf der B19 war wenig Verkehr, und sie war schnell in Blaichach.

Das Hallentor war zu, als sie ankam. Sie tippte die Zahlenkombination ein, und das Tor öffnete sich.

Der Vorraum war leer.

Lisa ging in den Büroraum. Flach war wohl inzwischen wieder hier gewesen und hatte seine Sachen geholt.

Lisa schwante Böses.

Sie ging durch die vorderen Räume. Hier sah alles so aus, wie gestern.

Dann ging sie an der Halle vorbei zu dem Seiteneingang, von dem aus man in den hinteren Teil der Halle gehen konnte.

Die Außentür war offen.

Lisa horchte – nichts zu hören. Sie ging in den Bereich der Halle, wo die Cannabispflanzen waren und staunte nicht schlecht: Die Pflanzen waren abgeerntet!

„Sch…"

Flach hatte gestern wohl in der Nähe gewartet, bis die Luft rein war, und am Abend oder in der Nacht Tabula Rasa gemacht.

Lisa wunderte sich nicht. Sie hätte das an seiner Stelle wahrscheinlich genauso gemacht.

Als sie wieder an der Straße war, sah sie, dass in der Nebenhalle noch gearbeitet wurde.

In dieser Halle war eine Schreinerei, wo zwei junge Leute gerade die letzten Handgriffe an einem schönen Wandschrank machten. Unter den Hoteliers und Ferienwohnungsvermietern in der Umgebung gab es einige, die Wert auf eine gute und schöne Einrichtung legten. So hatten Betriebe wie dieser immer genug zu tun.

Lisa wartete, bis die letzte Schraube saß und sprach die Beiden dann an.

„Hi! Kann ich euch ein paar Fragen stellen? Dauert auch nur eine Minute."

Die Beiden schauten sich an. Der etwas ältere meinte: „Wenn es wirklich nicht lange dauert, dann leg los!"

„Danke. Wart ihr gestern Nachmittag auch hier?"

„Das waren wir, und zwar bis etwa sechs."

„Habt ihr da an der Halle links von eurer jemand gesehen?"

„Normalerweise machen wir regelmäßig Pausen, weil der Franz" – er zeigte auf seinen Kollegen – „es nicht lange ohne Kippe aushält. Wir wollten den Schrank aber auf jeden Fall vor dem Wochenende fertig machen. Da hatten wir keine Zeit, uns draußen aufzuhalten."

„Glaub' dem Willi nicht alles", sagte Franz. „Ich kann es schon einige Zeit ohne Kippe aushalten, und wenn wir wie gestern Zeitdruck haben, dann machen wir auch schon mal ein paar Stunden ohne Pause. Ich hab mir erst wieder eine angezündet, als wir Feierabend gemacht hatten. Hier drin rauch ich nie; das ist zu gefährlich wegen dem Holzstaub."

Franz fiel noch etwas ein: „Als wir fertig waren und ich mir draußen eine angezündet hab, stand nebenan der weiße Kombi. Ich glaube der gehört dem Typ, der in der Halle nebenan nach dem Rechten geschaut hat. Und vorne, wo die ihr Büro haben, war das Licht an. Ich nehm an, dass er in der Halle war. Aber wir sind dann gefahren."

„Wann war das?"

„Gegen Sechs."

„Danke für die Infos. Eine schönes Wochenende!"

Lisa ging zurück zum Motorrad.

Sie fuhr zurück nach Oberstdorf zur Wache.

Die Kollegen von der Spätschicht waren schon da.

Die anderen waren nach Hause.

Lisa ging noch einmal kurz ins Büro, rief in Kempten an und sagte den Kollegen, dass jemand in der Halle gewesen war und die Cannabispflanzen abgeerntet hatte.

Dann machte sie sich auf den Heimweg.

Lisas Eltern saßen schon am Tisch und hatten auf sie gewartet. Heute gab es frischen Fisch. Darauf hatte sich Lisa schon die ganze Woche gefreut.

Weil es ihre Mutter gleich nach dem Essen wieder vor den Fernseher zog, kümmerten sich Wolfgang und Lisa um den Abwasch und nutzten die Gelegenheit, um ein wenig zu plaudern.

„Was macht der Golfplatzfall?", fragte Wolfgang, während er sich die große Bratpfanne vornahm, und Lisa die Teller in die Spülmaschine räumte.

„Wir haben inzwischen in der Halle Hubers Cannabis-Plantage entdeckt und festgestellt, dass er einen Komplizen hatte, der sich um die Pflanzen gekümmert hat", sagte Lisa. „Der Typ war gestern da, als ich zusammen mit dem Kollegen aus Kempten da war, hatte sich aber aus dem Staub gemacht, bevor wir in festnehmen konnten."

„Er ist euch entwischt?", sagte Wolfgang. „Na ja, das gibt es in den Krimis im Fernsehen auch immer wieder. Dann ist ja nicht alles an den Haaren herbeigezogen, was man uns da auftischt."

„Das stimmt", sagte Lisa, „aber so dramatisch wie in den Filmen ist mein Job nicht. Wilde Verfolgungsjagden sind ganz selten, und wir zücken auch nicht ständig unsere Pistolen."

„Ich habe letztens eine Statistik gelesen: In Deutschland werden im Kino und in den Fernsehfilmen zusammen in einem Monat so viele Leute umgebracht, wie im richtigen Leben in einem Jahr. Stimmt das?"

„Das kann hinhauen", sagte Lisa, die inzwischen die Spülmaschine fertig eingeräumt und sich ein Handtuch geschnappt hatte, um die Teile, die ihr Vater von Hand spülte, abzutrocknen.

„Es war übrigens gut, dass du mir die Infos zum Huber gegeben hattest. So wussten wir gleich, wo wir anfangen müssen."

„Freut mich, dass ich euch helfen konnte", sagte Wolfgang.

Dann ging er zu Traudel ins Wohnzimmer, während Lisa ihre Schwester anrief. Laura war sofort am Apparat.

„Und, hast du deinen Kommissar zu der Tour überreden können?", fragte Laura als erstes.

„Meinen Kommissar? Tim gehört mir doch nicht", flaxte Lisa.

Laura lachte.

„Noch nicht!"

„Willst du mich jetzt auch schon verkuppeln?", fragte Lisa. „Es reicht doch, wenn Hanni es probiert. Wusstest du eigentlich, dass die Hanni Kundin vom Huber war, bevor sie es gestern erzählt hat?"

„Nein, das war mir nicht bekannt. Und bis auf Monika den Anderen wohl auch nicht."

„Das glaube ich dir. Anderes Thema: Können wir uns morgen mal treffen? Ich will wegen Sonntag noch mit dir reden."

„Wegen Sonntag? Na klar! Wir sind morgen Vormittag zu Hause. Komm einfach rüber."

„O.K. Bis dann!"

Eins war Lisa klar: Das Wochenende wird spannend!

12

Tim wusste, dass an schönen Sonntagen, auch noch jetzt gegen Ende des Sommers im September, an der Talstation der Nebelhornbahn Geduld gefragt war. Die Kapazität der Bahn war zwar nach dem Umbau deutlich gestiegen, aber es gab immer noch Wartezeiten, wenn der Andrang hoch war. Deshalb war er erst kurz vor Mittag mit dem Zug nach Oberstdorf gekommen. Er wohnte immer noch in Altstätten, von wo aus er auch oft mit dem Zug nach Kempten zum Dienst fuhr. Die Touristenrouten, auf denen sich oft Stoßstange an Stoßstange reihte, mied er, wann immer es ging.

Er hatte die Wanderausrüstung gefunden, die er zum 18. Geburtstag von seinen Eltern bekommen hatte. Damals hatten sie noch einmal versucht, ihn für die Berge zu begeistern, was aber nicht geklappt hatte. Immerhin passten sowohl die hohen Bergschuhe, als auch die Wanderhose noch. Auch den Rucksack mit einer Trinkflasche und einem kleinen Fernglas hatte er gefunden.

Er konnte fast ohne Wartezeit in eine der Kabinen steigen und Richtung Nebelhorn fahren. Angenehm fand er, dass man an der Seealpe nicht mehr umsteigen musste, und so war er schnell am Höfatsblick.

'Wenn ich nach all den Jahren wieder einmal hier oben bin, dann will ich auch auf den Gipfel', dachte er.

Er überlegte, ob er den Weg zum Gipfel zu Fuß hinaufgehen sollte, entschied sich aber dann doch für die bequeme Variante und fuhr mit der Gipfelbahn.

Oben stieg er die fünf Meter hoch zum Gipfelkreuz und machte danach einen kleinen Rundgang. Es hatte sich vieles verändert.

'Hier kann man ja inzwischen ein Rollator-Rennen veranstalten', dachte er, als er sah, wie man den Gipfelbereich ausgebaut hatte.

Zurück ging er zu Fuß; aber nicht am Edmund-Probst-Haus vorbei. Stattdessen wählte er den weiter östlich verlaufenden Weg abwärts an einem Bächlein vorbei, weil er nicht durch das Getümmel auf dem Kinderspielplatz gehen wollte. Von da an, wo der Weg das Bächlein kreuzte, ging es gemächlich bergauf zum Zeigersattel.

Bis hierhin war ziemlich viel los, und er sah einige Leute, die am Zeigersattel dem Weg zum 'Fotospot Seealpsee' folgten, wo man einen schönen Blick in Richtung Oberstdorf hatte. In Richtung Seealpsee machten sich nur wenige Wanderer auf.

'Mach' ich's jetzt, oder nicht?', überlegte er.

'Ich mach's!'

Er guckte hinüber zur Hinteren Seealpe und sah dort eine Frau, die in seine Richtung schaute.

Er stutzte.

War das die Anna?

Er hatte bisher nur ihr Portrait auf Bildern gesehen. Der Beschreibung nach, die ihm Lisa gegeben hatte, konnte sie es sein! Groß, sportliche Figur, lange dunkle Haare…

Aus dieser Entfernung konnte er aber ihr Gesicht nicht erkennen.

Tim blieb stehen, setzte sich auf einen Stein am Wegrand, nahm den Rucksack nach vorn und holte sein Fernglas heraus. Es war ein kleines, leichtes Gerät, das zwar nur eine Linse hatte, aber dafür eine starke Vergröße-rung. Um damit schnell einen Punkt fixieren zu können, hatte er am Samstag geübt, mit beiden Augen gleichzei-tig zu schauen. Wenn er das Fernglas am rechten Auge ansetzte, sich abwechselnd auf das linke und rechte Auge konzentrierte, konnte er das Bild vom linken Auge als Sucher, das andere als Tele nutzen. Das funktionierte gut.

Er visierte die Stelle an, wo er die vermeintliche Anna gesehen hatte. Sie war nicht mehr zu sehen! Auch dann nicht, als er das Fernglas vom Auge nahm und wieder ei-nen normalen Blick auf die Stelle hatte.

Versteckte sie sich vor ihm?

Tim packte das Fernglas wieder in seinen Rucksack. Wollte er jetzt doch noch kneifen?

Nein, auf keinen Fall!

Er ging weiter in Richtung Mäxeles Egg. Als er an der Almhütte vorbeikam, sah er draußen ein paar Leute mit Wanderausrüstung sitzen, die sich eine kleine Mahlzeit und etwas zu trinken gönnten. Er überlegte: Wenn die Leute nach dem Frühstück von Oberstdorf aus ins Oytal und dann den Weg hier hoch gegangen waren, dann wa-ren sie wahrscheinlich eben erst angekommen. Da kam eine kleine Pause sicher gerade recht und es war hier ge-mütlicher, als am Höfatsblick oder auf dem Nebelhorn.

Die vermeintliche Anna sah er nicht.

Er ging weiter.

Am Aussichtspunkt stand eine junge Frau und schaute in seine Richtung. Es war auf keinen Fall die Frau, die er eben an der Almhütte gesehen hatte.

Sie hatte ihr Handy in der Hand und telefonierte mit jemand, stand dann auf und ging den Gleitweg hinab in Richtung Oytal.

Tim blieb kurz an dem Aussichtspunkt stehen und genoss den Ausblick. Wer auch immer dieser Mäxele gewesen war, nach dem der Aussichtspunkt benannt war - er hatte eine schöne Stelle gefunden.

Die junge Frau war inzwischen ein ganzes Stück vor ihm. Sie war nicht allzu schnell unterwegs, so dass er ihr mühelos folgen konnte, auch als der Weg steiler wurde.

Er hörte, dass jemand mit schnellen Schritten hinter ihm den Berg hinab kam.

Er stellte sich an die Seite und wartete.

Ein Paar kam anmarschiert. Wirklich anmarschiert! Die Beiden gingen so schnell, dass sich Tim fragte, ob man bei dem Tempo noch reagieren kann, wenn man auf einen losen Stein tritt und strauchelt. Die Frau, die voranging, schaute konzentriert auf den Weg vor ihren Augen und schien immer schon ein paar Schritte vorauszudenken. Anders konnte sich Tim nicht erklären, wie man den Weg mit diesem Tempo gehen konnte. Auch der Mann, der ein paar Meter hinter der Frau ging, schien weder ein Problem mit dem Weg, geschweige denn mit seinem Tempo zu haben.

Tim ließ sie passieren und setzte seinen Weg fort. Der Wegabschnitt, der jetzt folgte, war nicht einfach zu gehen. Er war ziemlich steil und Tim musste ständig aufpassen, wo er den Fuß hinsetzte.

Er schaute, ob er die junge Frau noch sehen konnte.

'Da hinten ist sie ja', dachte er, als er sie wieder sah. Sie war inzwischen mindestens 200 Meter vor ihm.

Kurz bevor der Weg einen jetzt im Sommer trockenen Gebirgsbach kreuzte, blieb sie kurz stehen und bekreuzigte sich. Sie hatte das Paar kommen sehen und ließ es vorbei, bevor sie ihren Weg fortsetzte.

Als Tim an der Stelle angekommen war, wusste er, warum sie innegehalten hatte. Hier hatte jemand ein einfaches kleines Holzkreuz mit dem Namen Norbert aufgestellt.

'Hier ist wohl der Maier runtergefallen', dachte Tim.

Er schaute nach unten.

'Ein paar Halbe im Bauch und hier ausrutschen - dann ist man schneller unten, als einem lieb ist.'

Tim blieb kurz stehen, machte mit seinem Handy ein paar Fotos und schaute sich um. Es war ihm niemand gefolgt.

'Was mag einem durch den Kopf gehen, wenn einem so etwas passiert?', dachte er.

Woher sollte man es wissen?

Tote kann man nicht mehr fragen.

Lieber nicht daran denken!

Als er schon unterhalb der Baumgrenze war, hörte er, dass weit hinter ihm wieder jemand den Berg hinab kam, auch mit schnellen Schritten. Aber Tim war schon so weit nach unten gekommen, dass er keine Angst mehr hatte, dass ihm etwas passieren könnte. Der Weg führte jetzt überwiegend durch Wiesen, auch wenn er noch steil war. Trotzdem hatte Tim sein Tempo deutlich erhöht, um die Person hinter ihm auf Distanz zu halten.

Man weiß ja nie!

Langsam fingen seine Muskeln an, sich über die Strapazen zu beschweren.

'Bald sind wir unten', sagte er ihnen.

Im Zickzackkurs ging es weiter nach unten, dann war er im Tal angekommen. Kurz vor der Stelle, wo der Weg auf den Wanderweg entlang des Oybachs stieß, lag ein großer Findling, hinter dem eine Bank stand. Hier saß die junge Frau, die vor ihm hinunter gegangen war. Er hatte sie zunächst nicht bemerkt, weil der Findling die Sicht versperrte. Anscheinend hatte sie aber auf ihn gewartet.

„Tim?", rief sie ihm zu, als er an ihr vorbei gehen wollte.

Tim schaute zu ihr rüber und nickte zustimmend. Jetzt wo er sie von Nahem sah, bemerkte er, dass sie Lisa sehr ähnelte.

„Ja, ich heiße Tim. Und wer bist du?"

„Ich bin Laura. Lisas Schwester."

Tim setzte sich erschöpft neben sie.

„Dann habe ich dir diesen schönen Ausflug zu verdanken? Danke dafür!"

Das klang eher vorwurfsvoll.

„Ist Lisa auch hier?", fragte er.

„Sie kommt gleich. Ich sehe sie schon."

Tim drehte sich um.

Die Frau, die er zuletzt hinter sich gehört hatte, kam näher.

Als sie nahe genug herangekommen war, um sie zu erkennen, war ihm klar: Das müssen Schwestern sein!

Laura war zwar ein paar Zentimeter größer als Lisa, und hatte auch eine kräftigere Figur, aber die Gesichtszüge ähnelten sich sehr.

„Hi", begrüßte Lisa ihn. „Alles klar bei dir?"

Tim nickte.

„Außer der Tatsache, dass meine Beine solche Touren nicht gewöhnt sind, geht's mir gut."

„Dann lass uns noch die paar Schritte zum Oytalhaus gehen und einen Schluck zusammen trinken", sagte Lisa. „Vielleicht geht es deinen Beinen dann wieder besser. Und wenn nicht, kannst du dir einen Roller leihen und den Weg zurück fahren."

„Oder ihr fahrt zusammen mit der Kutsche runter. Das wäre doch romantisch!", sagte Laura grinsend.

Dann saßen sie draußen bei einem Bier zusammen. Tim ging die Frau nicht aus dem Kopf, die er oben an der Seealpe gesehen hatte.

„Nicht, dass ihr meint, dass es mir Angst gemacht hat - aber ich habe oben aus der Ferne an der Alpe eine Frau gesehen, wo ich dachte, das könnte die Anna Maier sein. Ich habe angehalten und mein Fernglas aus dem Rucksack genommen, um genau hinzugucken. Das hat etwas gedauert. Als ich dann rüber geschaut habe, war sie schon nicht mehr da. Wie vom Erdboden verschluckt."

„Und dann hast du gedacht, sie hat da oben den ganzen Tag auf dich gewartet, um dich vom Berg zu schubsen?", meinte Lisa.

„Ich sag' mal so: Zutrauen würde ich ihr das, nach dem, was du mir über das Gespräch zwischen ihr und Laura gesagt hast."

„Hatte dir Lisa denn nicht auch gesagt, dass die Anna in der Saison ihrer Freundin an der Alpe hilft, die Gäste zu bewirten?", sagte Laura.

Tim schüttelte den Kopf und schaute Lisa vorwurfsvoll an.

„Das hatte ich vergessen", sagte Lisa mit einer Unschuldsmiene.

„Soso, vergessen…"

Er schien es ihr nicht zu glauben.

„Aber wieso seid ihr überhaupt hier?"

„Na ja, wenn unsere irren Ideen doch gar nicht so irre gewesen wären… Laura hat mir gestern gesagt, dass die Anna heute an der Hinteren Seealpe hilft", sagte Lisa. „Als reine Vorsichtmaßnahme bin ich auch zum Nebelhorn hochgefahren. Ich habe vorher im Biergarten am Trettachstüble gesessen und gewartet, bis du kamst. Als ich dich kommen sah, habe ich bezahlt und bin rüber gegangen. Ich war allerdings ein paar Kabinen hinter dir. Als ich am Höfatsblick ankam, habe ich gesehen, dass du in der Schlange an der Gipfelbahn standst. Ich habe dann an der Station auf dich gewartet. Aber du kamst nicht wieder runter."

„Ich bin zu Fuß runtergegangen."

„Aha! Das wusste ich nicht. Als du nicht kamst, habe ich Laura angerufen, und sie sagte mir, dass du schon fast am Mäxeles Egg bist. Dann bin ich dir schnell hinterher gegangen. Aber du warst schon so weit vor mir, als dass ich dich nicht mehr einholen konnte."

„Das erklärt aber noch nicht, warum ihr beide hier seid."

„Ich hatte mit Lisa ausgemacht, dass wir deinen Weg sowohl von vorn, als auch von hinten absichern. Hätten wir jemand verdächtigen gesehen, hätten wir eingreifen können; egal ob dir von vorn oder hinten Gefahr droht", sagte Laura.

„Schließlich haben wir dich ja auch genötigt, diese Tour zu machen und auch die Sache mit der Anna angeleiert", fügte sie hinzu.

„Aber du kannst mir eins wirklich glauben: Die Anna ist eine ganz liebe Frau. Die würde so etwas nie tun. Da schwöre ich Stein und Bein drauf!"

Tim glaubte ihr.

„Ich kenne den Weg jetzt ja. Der ist schon anspruchsvoll, weil man sich ständig konzentrieren muss. Ihn mit ein paar Halben im Bauch zu gehen grenzt schon an einen Suizidversuch."

„Dann hast du deine verrückte Idee jetzt endgültig ad acta gelegt?", fragte Lisa.

Tim nickte zustimmend.

Es blieb dann nicht bei einem Bier, was Tim Recht war, denn seine Beine schmerzten immer noch. Lisa erklärte ihm, dass das Bergabgehen für die Beine ähnlich anstrengend ist, wie das Bergaufgehen, weil man ständig bremsen muss. Und dass dabei Muskeln strapaziert werden, die man beim normalen Gehen oder Laufen wenig beansprucht.

Später nahm sich Laura einen Roller und fuhr los. An der Kutsche, die am Wegrand stand und auf Fahrgäste nach Oberstdorf wartete, hielt sie kurz an und sprach mit einem älteren Paar, das gerade Platz genommen hatte.

Dann fuhr sie mit Karacho den Berg hinunter.

Dass Laura mit dem Paar gesprochen hatte, hatte Tim nicht gesehen, weil er mit dem Rücken zu ihnen saß.

„Und wie kommen wir jetzt runter?", fragte er Lisa.

Sie lächelte ihn an.

„Ich fand die Idee mit der Kutsche nicht schlecht. Sollen wir das machen?"

Tim drehte sich um.

Die Kutsche stand noch da.

Das ältere Paar schaute zu ihnen rüber.

Laura hatte sie schon instruiert.

„Ihr könnt gerne mitfahren", rief die Frau. „Wir haben noch Plätze frei, und der Kutscher hat sein Geld schon bekommen. Es kostet euch also nicht mal was."

Lisa packte Tim am Arm und zog ihn zur Kutsche.

„Komm! Du hast es dir verdient."

Dass unterwegs eine Paparazza heimlich ein Bild von ihnen schoss, bemerkten sie nicht.

13

Am Montagmorgen war Lisa zuerst im Büro. Tim kam wenige Minuten nach ihr.

„Hi", sagte sie, „wie geht es deinen Beinen?"

„Es geht schon wieder. Auf der Treppe ziept es noch ein bisschen, aber das wird schnell wieder weg sein. Ich hörte, dass du am Freitag noch einmal in der Halle warst."

„Das stimmt. Ich wollte es dir eigentlich gestern sagen, habe es aber vergessen. Der Komplize vom Huber war übrigens auch noch mal da, allerdings deutlich früher als ich. Und er hat geerntet!"

Lisa sah nicht glücklich aus.

„Dass wir nicht daran gedacht haben, die Halle zu versiegeln, wurmt mich."

„Ich glaube nicht, dass ihn das gestört hätte. Viel spannender ist für mich die Frage, wo er jetzt ist, und wo er das Zeug versteckt. Oder meinst du, dass er es für den Eigenbedarf mitgenommen hat?"

„Das glaube ich weniger. Er wird es sicher fertig machen und an die Kunden verkaufen, die er als Kurier bedient hat. An die Kunden, denen der Huber die Ware geschickt hat, oder die er auf dem Golfplatzparkplatz oder sonst wo in der Gegend getroffen hat, um ihnen die Ware persönlich zu geben, kommt er wahrscheinlich nicht ran."

Lisa überlegte.

„Ich ruf mal die Hanni an."

Sie nahm sich ihr Handy und schaute durch die Kontakte.

„Hier ist sie", sagte sie und klingelte Hanni an.

„Hi Hanni. Es geht noch mal um den Huber. Hat er dir den Tee persönlich gegeben, oder hat er ihn dir geschickt?"

...

„Aha!"

...

„Danke – bis bald."

Sie legte auf.

„Also: Hanni hat ihn nicht auf dem Golfplatzparkplatz getroffen. Sie hat den Tee bei ihm bestellt und er hat ihn ihr in den Briefkasten geworfen. Er war wohl in der Umgebung oft mit dem Fahrrad unterwegs und hat die Kunden in der Nachbarschaft immer selbst bedient."

„Und bei den Kunden Richtung Sonthofen hat wohl der Flach die Sachen vorbeigebracht. Was anderes: Hast du in der Halle etwas gesehen, mit dem man die geernteten Blätter weiterverarbeiten kann? Man kann die frisch geernteten Blätter doch nicht einfach ins Teesieb geben."

„Das stimmt. Man braucht einen Ort, wo man die Blätter wäscht und trocknet. Und das unter bestimmten klimatischen Bedingungen."

„Also geht die Suche weiter!"

Lisa überlegte.

„Bei Hubers zuhause habe ich nichts gesehen, und in der Halle in Blaichach gab es auch keinen speziellen Raum dafür. In der Berghütte hat er die fertige Ware konfektioniert. Aber wo war sie in der Zwischenzeit?"

Tim hatte eine Idee.

„Ich bin vorletztes Jahr oft von Altstätten aus in Richtung Fischen, manchmal auch bis Oberstdorf gejoggt. Das war mein Training für den Halbmarathon, den ich danach gelaufen bin. In den Feldern rechts und links der Bahnstrecke stehen einige Schuppen. Ich habe mich damals gewundert, dass bei einem der Schuppen Solarpaneelen auf dem Dach waren. Mein Vater sagte mir, dass man selbst mit so einer relativ kleinen Anlage eine Menge Strom erzeugen kann und ein paar Euro damit verdient, wenn man den Strom nicht selber verbraucht. Und man tut auch noch etwas für die Umwelt."

„Und wenn man ihn doch selber braucht, kann man ihn zum Trocknen von Teeblättern verwenden. Glaubst du, dass der Flach und der Huber genau diesen Schuppen genutzt haben?", fragte Lisa.

„Das könnte sein. Wenn der Bauer, dem der Schuppen gehört, ihn nicht mehr braucht und auch noch Geld mit ihm verdienen kann, wäre er ja dumm, wenn er ihn nicht verkauft oder vermietet. Sollen wir mal verrückt sein und einfach auf Verdacht rüberfahren?"

„Es war in den letzten Tage trocken, das heißt, die Wege sind nicht schlammig – es sollte gehen. Ich sag den Kollegen Bescheid, dann könnten wir gleich los."

„Aber wir fahren rein auf Verdacht, also einfach so ins Blaue."

„Egal! Vielleicht haben wir ja auch mal Glück."

Sie nahmen die Straße über Rubi, Reichenbach und an Schölláng vorbei nach Altstädten und fuhren dann ein kleines Stück parallel zur Bahnstrecke auf einem Wirtschaftsweg zurück in Richtung Fischen. Sie kamen auf einen unscheinbaren Schuppen zu.

„Das ist der Schuppen, den ich meinte", sagte Tim.

Neben dem Schuppen stand ein weißer Kombi.

„Bingo!", sagte Tim und stellte seinen Wagen so vor den Kombi, dass er blockiert war.

„Dann wollen wir mal", sagte er entschlossen, nahm die Dienstpistole und ging auf den Schuppen zu.

Die große Tür war nur angelehnt.

Tim trat sie auf.

In dem Schuppen stand Flach, der nicht mit Besuch gerechnet hatte. Er hob sofort die Hände und rief:

„Nicht schießen!"

Lisa holte Handschellen aus dem Wagen und legte sie Flach an.

Hier wurde also die Ware für den Verkauf vorbereitet!

Sie schauten sich kurz in dem Schuppen um. Es sah aus, als hätte sich Flach nach der Flucht aus Blaichach in dem Schuppen ein Übergangsquartier eingerichtet.

„Wir bringen sie jetzt nach Kempten", sagte Tim zu ihm.

Flach hatte sich mit seiner Lage abgefunden.

Auf der Fahrt sagte Tim:

„Es ist immer wieder erstaunlich, dass es anscheinend leicht ist, verbotene Dinge zu tun, ohne aufzufallen, es sei denn, man stellt sich saudumm an."

Flach meldete sich von hinten:

„Wir haben uns nicht saudumm angestellt. Warum um Himmelswillen musste der Toni tot auf dem Goldplatz liegen? Wir wären sonst nie aufgefallen! Ich begreif es nicht."

Kurz darauf saßen sie im Verhörraum.

„Ben Flach, 31 Jahre, aus Fischen, Gärtner von Beruf. Richtig?", fragte Tim.

Flach nickte.

„Erzählen Sie mir, was Sie bei Herrn Moosbauer gesucht haben."

„Unsere Ware natürlich", sagte Flach. „Ich hatte mich für Sechs mit dem Toni auf dem Parkplatz verabredet. Er wollte mir nach der Golfrunde die Tasche mit den Tüten geben. Das war auf dem Parkplatz immer unproblematisch. Da war keiner, der nachgefragt hat, was wir machen."

„Aber er war nicht da, als sie kamen. Richtig?"

„Genau! Als ich gegen Sechs kam, war keiner da, und der Parkplatz war leer. Ich hab' mir dann gedacht, dass die Golfspezies schon alle nach Hause gefahren waren, weil es angefangen hatte zu regnen und kräftig grummelte."

„Und was haben Sie dann gemacht?"

„Ich bin zum Toni nach Hause gefahren und hab' geklingelt. Er hat aber nicht aufgemacht. Ich hab' es dann am Sonntag noch mal probiert, aber es war wieder keiner da."

„Und warum haben sie dann bis Mittwoch nichts mehr unternommen?"

„Weil ich bei Verwandten in Bielefeld war. Ich bin am Dienstag erst in der Nacht wieder nach Hause gekommen. Da war es viel zu spät, um sich nochmal bei Toni zu melden. Am Mittwochmorgen hab' ich die Zeitungen von der Woche durchgesehen und gelesen, dass er tot auf dem Golfplatz gelegen hat."

„Dass es der Huber war, stand aber nicht in der Zeitung. Wie konnten Sie das wissen, wenn Sie ihn nicht umgebracht haben?"

„Halten Sie mich für blöd? Eins und Eins kann ich auch noch zusammenzählen."

„O.K. Wo waren Sie am Samstagabend, nachdem Sie den Huber nicht angetroffen hatten?"

„Da war ich in Augsburg beim Fußballspiel. Ich kann Ihnen gerne die Eintrittskarte vorlegen. Aber ich hab' auch ein Alibi für den späteren Abend. Ich war nach dem Spiel noch bei Freunden in Stadtbergen. Und dann hatte ich vergessen, dass an der B17 ein Blitzer steht. Ich bin mal gespannt, wieviel ich zu schnell war."

Tim bat Flach, sein Kennzeichen und die ungefähre Uhrzeit auf einen Zettel zu schreiben.

„Kannst du die Kollegen bitten, das eben nachzuprüfen?", fragte er Lisa.

„Meinst du, das geht so schnell?"

„Sag' ihnen, dass es dringend ist, weil ich das Verhör sonst länger unterbrechen muss."

Tim wartete, bis Lisa zurückkam.

„Was haben sie gesagt?"

„Sie tun, was sie können", sagte sie.

'Das kann nicht viel sein', murmelte Flach.

Tim tat so, als habe er nichts gehört.

Dann setzte er das Verhör fort.

„Was haben Sie dann am Mittwoch angestellt?"

„Weil ich wusste, dass der Toni seine Ware auf dem Golfplatz in einem Schuppen lagert, hab' ich überlegt, wie ich an den Schlüssel komme. Da kam mir die Idee, mich als Kripomann auszugeben. Ich hatte mal gelesen, dass das meistens funktioniert. Hat es ja auch! Als ich den Schlüssel hatte, hab' ich Tonis Sachen durchgewühlt, aber da war nichts. Ich hab' danach auch im Schuppen gesucht, aber nichts gefunden."

„Und dann sind sie noch einmal ins Clubbüro gegangen und haben sich die Adresse von seinem Spielpartner geben lassen."

„Richtig. Für mich gab es nur eine Erklärung dafür, dass die Tüten verschwunden waren: Der Moosbauer hatte sie sich unter den Nagel gerissen!"

„Und dann sind Sie zum Moosbauer gefahren und wollten die Tüten aus ihm rausprügeln."

„Ungefähr so war's. Als er die Tür aufgemacht hat, hab' ich ihn in den Flur geschubst, die Tür hinter uns zugeschmissen und ihm ins Gesicht gesagt, dass er unsere Tüten hat, und ich sie haben will. Da tat er so, als wüsste er davon nichts. Aber ich konnte ihm ansehen, dass er lügt. Als ich ihn dann etwas härter rangenommen hab', standen Sie auf einmal da. Da hab' ich die Flucht ergriffen, ohne groß nachzudenken. Gottseidank waren ihre Kollegen zu blöd, um mich zu schnappen."

Ein Kollege klopfte an, kam herein und setzte sich zu ihnen.

„Seine Angaben stimmen. Er ist am Sonntagmorgen um 0:13 Uhr geblitzt worden."

Er zeigte Tim und Lisa das Bild aus der Blitzeranlage. Flach war eindeutig zu erkennen.

„Kann ich es auch mal eben haben?", fragte Flach.

Tim gab ihm das Bild.

Flach atmete auf.

„Nur 15 zu schnell, das geht ja noch", sagte er und gab das Bild zurück.

„Ich muss mal kurz zum Chef", sagte Tim.

Während er weg war, sagte Flach zu Lisa: „Hoffentlich beeilt sich die Regierung mit der Freigabe von Cannabis.

Da wird so viel Quatsch erzählt, von wegen Einstiegs-
droge und so. Dann müssten sie auch Alkohol und das
Rauchen komplett verbieten. Ich hab' mal gelesen, dass
jedes Jahr mehr Leute in Deutschland durchs Saufen und
Rauchen sterben, als in zehn Jahren durchs Kiffen. Ich
weiß zwar nicht, ob die Zahlen stimmen, aber ich kann's
mir vorstellen."

„Zu den Zahlen kann ich wenig sagen. Aber für uns wäre
es auch eine Erleichterung. Wenn wir streng hinter jeden her wären, der ein paar Tütchen Hasch hat, kämen
wir gar nicht mehr dazu, die wichtigen Verbrecher zu
fassen."

Dann kam Tim wieder und sagte zu dem Kollegen:

„Er kann wieder nach Hause, soll euch aber Bescheid geben, wenn er länger weg ist oder verreisen will."

Zu Flach sagte er:

„Sie können vorerst wieder nach Hause. Ihre Aktion
beim Moosbauer bewerten wir später. Denken Sie an
das, was ich gerade meinem Kollegen gesagt habe: Sagen Sie Bescheid, wenn Sie länger weg sind, damit wir
Sie erreichen können."

Er zeigte Flach an, dass er gehen könne.

Der Kollege begleitete Flach nach draußen.

„Ich finde, du hast das Verhör ziemlich souverän geführt.
Gratuliere!", sagte Lisa, als die Beiden gegangen waren.
Tim war im ersten Moment nicht klar, ob sie das ernst
gemeint hatte, oder ihn veräppeln wollte. Nach der Geschichte mit der Bergwanderung traute er ihr fast alles
zu.

Aber es kam ehrlich rüber.

„Ich glaube, wir müssen noch einmal zum Golfplatz fahren, sagte er. „Ich stelle mir den normalen Ablauf für das Geschäft so vor: Der Huber hat die Tüten dabei, wenn er zum Golfplatz fährt, oder er lagert sie da. Wahrscheinlich hat er sie in einer Plastiktüte. Wenn es nicht zu viele sind, fällt das nicht auf. Nach der Runde bringt er sein Bag in den Schuppen, nimmt die Plastiktüte raus und gibt sie dem Kunden, der auf dem Parkplatz wartet. Falls einer das sieht und dumm fragt, dann ist es angeblich nur Tee aus Hubers Shop."

„Das klingt realistisch", sagte Lisa. „Das heißt aber auch, wenn der Moosbauer die Tüten nicht gemopst hat, dann müssen sie immer noch auf dem Golfplatz sein."

„Aber der Flach hat doch gesagt, dass er Hubers Sachen und den Schuppen durchsucht hat."

Sie dachten nach.

„Vielleicht hat der Moosbauer sie doch und versteckt sie zuhause", sagte Tim.

„Meinst du denn, er hat sie während der Runde heimlich aus Hubers Bag genommen, ohne dass der das bemerkt hat?"

„Das glaube ich nicht, und warum er das gemacht haben soll, ist mir auch ein Rätsel", sagte Tim.

„Eigentlich müsste die Tasche mit den Tüten doch noch auf dem Golfplatz sein. Vielleicht hat der Huber sie so gut versteckt, dass der Flach sie nicht gefunden hat."

„Möglich. Lass uns jetzt zurück nach Oberstdorf fahren", sagte Tim zu Lisa. „Dann können wir das in Ruhe besprechen."

Auf dem Weg fiel Tim ein, dass er etwas vergessen hatte.

„Mir fiel gerade ein, dass wir die Nachbarn Hubers noch nicht befragt haben. Was ist der schnellste Weg dahin?"

Lisa leitete ihn über die B19 in Richtung Kleinwalsertal, und von da aus zur Alten Walserstraße.

Tim parkte vor der Nummer 12 und stieg aus.

Es hatte angefangen, leicht zu regnen.

Ein Mann kam mit seinem Hund die Straße entlang.

Tim sprach ihn an:

„Hallo! Mein Name ist Jung von der Kripo Kempten. Haben Sie eine Minute Zeit für ein paar Fragen?"

„Wenn's wirklich nur eine Minute ist", sagte der Mann und zeigte auf den wolkenverhangenen Himmel.

„Was wollen Sie denn wissen?"

„Sie haben sicher schon gehört, dass ihr Nachbar Huber tot ist. Wir vermuten, dass er am Samstagnachmittag auf dem Weg von der Stillachstraße hierher erschlagen worden ist. Haben Sie am Samstagnachmittag etwas gesehen, was uns bei der Aufklärung des Falls helfen könnte?"

Der Mann sah auf seine Uhr.

„Das waren jetzt fünfzig Sekunden. Ich habe wirklich etwas gesehen. Aber die Minute ist um. Komm Struppi!"

Tim sah ihn entgeistert an.

„War nur'n Scherz", sagte der Mann lachend.

„Als ich am Samstagnachmittag mit Struppi Gassi ging, kam ein Wagen und hielt vor Hubers Haus an. Ein ziemlich großer Mann stieg aus, ging zum Haus und klingelte. Ich bin kurz stehen geblieben, weil Struppi schon mal pinkeln wollte. Als ich weiterging, fuhr der Wagen schon wieder weg."

„Können Sie mir noch eben sagen, wie spät es da war?"

„Irgendwann kurz nach Sechs."

„Danke für ihre Geduld", sagte Tim.

Der Mann ging weiter in Richtung der Klinik.

Lisa hatte die Scheibe runtergefahren und mitgehört.

„Die Beschreibung passt zu Flach und die Zeit passt auch. Er scheint uns nicht angelogen zu haben."

Die Häuser standen hier relativ weit auseinander. Tim ging noch bis zum nächsten Haus und fragte auch dort nach. Die Leute hatten nichts bemerkt.

Inzwischen regnete es stärker.

Tim kam zurück und setzte sich wieder an Lenkrad.

„Bei dem Wetter, was am Samstagnachmittag war, ist wahrscheinlich kaum noch jemand freiwillig vor die Tür gegangen. Lass uns wieder zur Wache fahren."

Auf der Wache saßen sie zusammen und gingen die gesammelten Erkenntnisse durch. Am Ende meinte Tim:

„Alle Verdächtigen haben Alibis und keiner hat etwas gesehen, was uns weiterhelfen würde. Jetzt kann uns nur noch der Kollege Zufall helfen."

„Wer kümmert sich dann jetzt um die Geschichte mit dem 'Spezialtee'?"

„Das hab' ich mit den Kollegen besprochen. Darum kümmern die sich jetzt."

Er schaute auf die Uhr.

Es war schon wieder Vier.

„Kannst du morgen doch noch mal zum Golfplatz fahren und den Schuppen gründlich durchsuchen? Vielleicht hilft dir die Maria ja auch."

„Das können wir doch zusammen machen", sagte Lisa.

Tim saß da und überlegte.

'Wie sag' ich's ihr?'

Dann ließ er es raus:

„Ich werde ab morgen wieder auf meinem angestammten Arbeitsplatz gebraucht; wir haben viel zu tun. Es war schön, mit dir zu arbeiten. Vielleicht sehen wir uns ja noch mal."

Lisa war überrascht. Der Fall war doch noch nicht aufgeklärt!

„Heißt das, du gibst auf?"

„Nein, ich gebe nicht auf. Aber ich sehe im Moment keine Möglichkeit, um bei dem Fall weiterzukommen."

Tim ging zur Kleiderhaken, nahm seine Jacke und ging zur Tür.

Lisa kam zu ihm, schüttelte ihm kräftig die Hand und wünschte ihm alles Gute.

Dann saß sie allein im Büro.

Der Fall war noch nicht abgeschlossen, und sie war sich sicher, dass sie etwas übersehen hatten. Aber was war das? Etwas kreiste in ihrem Kopf umher, aber sie konnte es nicht fassen.

'Einmal drüber schlafen sollte helfen', dachte sie.

Sie meldete sich bei den Kollegen ab und ging nach Hause.

Als Lisa zuhause ankam, waren ihre Eltern nicht da.

Traudel hatte einen Zettel auf den Küchentisch gelegt.

'Wir sind zum Shoppen nach Kempten gefahren. Wenn du Hunger hast: Es ist etwas für dich im Kühlschrank.'

Traudel hatte Cordon Bleu mit Pommes und Salat gemacht. Der Salat stand abgedeckt auf der Anrichte. Er sah noch frisch aus. Lisa holte sich die anderen Sachen aus dem Kühlschrank und machte sich das Essen im Backofen warm. Sie mochte Pommes nicht, wenn sie in der Mikrowelle aufgewärmt wurden, weil sie dort immer matschig wurden. Im Backofen mit Umluft dagegen waren sie wie frisch gemacht. Fast wenigstens.

Ihre Eltern kamen kurz vor acht nach Hause.
„Hast du dir das Essen warmgemacht?", fragte Traudel als allererstes.
„Natürlich", sagte Lisa. „Es hat gut geschmeckt."
Das freute ihre Mutter.
Dann begann das ‚Verhör'.
„Du hast mir am Wochenende gar nichts über euren Golfplatzfall erzählt. Und was ihr heute gemacht habt weiß ich auch noch nicht. Also leg los!"
Lisa erzählte ihr nur kurz, was sie erlebt hatte, und dass der Kollege aus Kempten vorerst auf seine Stelle zurückgekehrt war, weil sie nicht weiterkamen. Als Traudel Einzelheiten wissen wollte, servierte Lisa sie ziemlich kurz ab:
„Ich bin mir sicher, dass ich der Lösung des Falls ganz nahe bin. Ich will ein bisschen ungestört Musik hören. Das hat mir in der Schule und bei der Ausbildung auch immer geholfen. Lasst mich heute Abend bitte ganz in Ruhe."
Traudel zog sich schmollend ins Wohnzimmer zurück und schaute sich eine Doku über das alte Rom an.
Wolfgang hatte sich mit Freunden verabredet.

Lisa hörte Musik. Sie hatte sich die letzte CD von Pink Floyd genommen. Die Instrumentalstücke waren gut, um abzuschalten.

Nach einiger Zeit fielen ihr sie Augen zu.

Es war schon fast Mitternacht, als sie aufwachte.

Was hatte sie geträumt?

Sie war auf dem Golfplatz, da, wo man die Leiche gefunden hatte. Und dann

...

Bingo!

Jetzt wusste sie, was sie übersehen hatten!

Sie stand auf, schrieb sich ein paar Wörter auf einen Zettel, ging ins Bad und machte sich zum Schlafen fertig.

Sie schlief gut.

14

Am Dienstagmorgen saßen Walter und Lisa auf der Wache. Lisa war in Topstimmung. Das hatte auch ihre Mutter nicht ändern können, als sie mit Lisa beim Frühstück saß.

Lisa hatte sich die Notizen, die sie sich in der Nacht gemacht hatte, in die Tasche gesteckt und war mit bester Laune zur Inspektion gegangen.

„So kann's gehen", sagte Walter.

„Da schicken sie uns extra einen Mann, der helfen soll, einen Mordfall aufzuklären, und dann muss er einräumen, dass auch er in diesem Fall anscheinend keine Chance hat."

„Na ja, unsere Statistik wird dadurch nicht schlechter", sagte Lisa, „das geht auf das Konto der Kripo in Kempten. Aber was unsere Statistik angeht: Ich glaube, dass wir eine Chance haben, sie zu verbessern."

„Wie meinst du das?"

„Indem wir den Fall jetzt selber lösen."

„Aber wie soll das gehen? Alle Tatverdächtigen haben ein Alibi, auch wenn sie nicht hundertprozentig glaubwürdig sind."

„Mir ging gestern Abend, nachdem Tim gegangen war, etwas durch den Kopf. Ich habe gespürt, dass ich der Lösung des Falls nahe war, konnte es aber nicht greifen. Ein Gedanke kreiste durch meinen Kopf, aber immer, wenn ich dachte 'Jetzt hab' ich ihn', war er wieder weg. Das war am Ende eine richtige Endlosschleife. Ich habe versucht, aus ihr raus zu kommen, aber es hat nicht funktioniert.

Dann habe ich mir den Kopfhörer genommen und Musik gehört. Dabei bin ich sogar eingeschlafen. Irgendwann bin ich wach geworden und hatte es endlich."

Walter schaute sie erwartungsvoll an.

Lisa atmete tief durch, dann sagte sie:

„Ist dir nicht aufgefallen, dass Tim gleich am Anfang der Ermittlungen einen Fehler gemacht hat?"

Walter war überrascht.

„Welchen denn?"

„Er hatte einen möglichen Tatverdächtigen erst gar nicht auf dem Schirm."

„Wen denn?"

„Den Moosbauer."

„Aber der war doch ein wichtiger Zeuge, kein Verdächtiger."

„Genau das ist es. Uns ist gar nicht in den Sinn gekommen zu bezweifeln, dass der Moosbauer und der Huber den Golfplatz gemeinsam verlassen haben. Was, wenn das nicht so war, und der Moosbauer den Huber umgebracht hat?"

Walter überlegte.

„Das wäre möglich! Der Moosbauer hat die beiden im Clubhaus abgemeldet - den Huber hat dabei niemand gesehen, weil er angeblich dabei war, seine Ausrüstung in den Schuppen zu bringen. Es hatte ja schon angefangen zu regnen, und da wollte der Moosbauer den Huber nicht noch unnötig den Weg zu Clubhaus und zurück machen lassen. Das hat er uns wenigstens so erzählt."

„Genau. Aber es hat keiner nachgeprüft, ob das wirklich so war. Stell' dir vor, er hat den Huber hinten in der Ecke neben der Trettach erschlagen, dann ins Gebüsch gezogen und anschließend die Tat verschleiert. Es waren kaum noch Leute auf dem Gelände. Das wäre keinem aufgefallen."

„Dann fehlt aber doch immer noch ein Motiv. Alle anderen Tatverdächtigen haben mehr oder weniger einen Vorteil von Hubers Tod. Aber was hat der Moosbauer davon?"

„Ich habe eine Idee. Gebt ihr mir ein paar Stunden Zeit?" Walter ging zu Fingerhut und sprach mit ihm.

Als beide zusammen zurückkamen, hob der Chef den Daumen.

„Ich sehe das als Auftrag an, den Fall zu übernehmen", sagte Lisa. „Darf ich mir das Dienstmotorrad nehmen?"

„Klar! Du hast alle Freiheiten, die du willst", sagte Fingerhut.

„Fast alle, natürlich", legte er nach.

Lisa fuhr als erstes noch einmal zum Golfplatz.

„Hi", sagte Maria, als Lisa ins Büro kam. „Willst du jetzt doch Golfspielen lernen?"

„Vielleicht später", sagte Lisa, „ich habe erst einmal einen Kriminalfall zu lösen. Mein Chef hat ihn mir übertragen, nachdem der Kommissar aus Kempten ihn abgegeben hat."

„Da kannst du aber stolz sein, als Anfängerin so einen Auftrag zu bekommen. Wie kann ich dir denn helfen?"

„Wie gut kennst du diesen Moosbauer, mit dem der Huber seine letzte Runde gespielt hat?"

„Verdächtigst du den etwa?", sagte Maria erstaunt.
Sie überlegte.

„Der Moosbauer…

…zu dem kann ich dir wenig sagen. Aber warte mal…

Der hat anfangs immer mit dem Georg Müller gespielt. Irgendwann waren haben sich die beiden heftig gestritten, und danach hat der Moosbauer immer mit dem Huber gespielt."

„Weißt du, warum sich die beiden gestritten haben?"

„Darüber wurde nie gesprochen. Aber frag' den Müller doch selbst. Der ist gerade auf der Driving Range. Falls noch andere da sind: Er hat heute ein knallrotes Polohemd an. Du kannst ihn kaum verwechseln."

Lisa ging rüber zur Driving Range.

Georg Müller war mit seinem roten Shirt wirklich nicht zu verwechseln.

Lisa sprach ihn an:

„Herr Müller? Ich bin Lisa Hinteregger von der Polizei hier in Oberstdorf. Darf ich Ihnen ein paar Fragen stellen?"

Müller stellte seinen Schläger an die Seite und sagte:

„Klar. Legen Sie los!"

„Sie haben früher mit dem Michael Moosbauer gespielt. Stimmt das?"

„Das stimmt. Was ist denn mit dem?"

„Man sagte mir, dass sie sich irgendwann gestritten haben, und Sie nicht mehr mit ihm spielen wollten. War das so?"

„Da haben Sie Recht. Er hat die Regeln oft sehr zu seinen Gunsten ausgelegt, weil er immer gewinnen wollte. Das war mir am Ende zu blöd."

„Können Sie mir das genauer erklären?"

Müller nickte.

„Sie müssen wissen, dass wir Golfer uns untereinander immer helfen, wenn es zum Beispiel darum geht, einen Ball zu finden, der von der Bahn abgekommen und im Gestrüpp gelandet ist, oder wenn er da, wo das Gras auf dem Fairway höher ist, einfach nicht zu finden ist. Moosbauer hat die Sucherei nach seinem Ball immer sehr schnell eingestellt und lieber einen Ersatzball gespielt, auch wenn das nicht unbedingt nötig war. Hauptsache, er sah das als Vorteil für sich."

„Welchen Vorteil hat man denn dabei?"

„Na ja, den Ersatzball muss man ungefähr da droppen, also fallen lassen, wo der richtige Ball verschwunden ist. Es gibt dann zwar einen Strafpunkt, aber man kann relativ gut weiterspielen. Je nachdem, wo der richtige Ball liegt, kann das ein Vorteil sein."

„Sehen das Golfer gerne?"

Müller schüttelte den Kopf.

„Eigentlich soll man immer mit dem richtigen Ball weiterspielen, es sei denn, es ist unmöglich. Aber der Moosbauer hat das nicht so ernst genommen. Er hat aber noch schlimmer gefuscht: Er hatte immer ein paar Ersatzbälle in der Tasche, die genauso aussahen, wie sein Spielball. Als er sich einmal unbeobachtet fühlte, habe ich gesehen, dass er den richtigen Ball, der im Gebüsch gelandet war, schnell in Richtung Trettach weggeschlagen hat. Dann hat er einen Ball aus der Tasche genommen und ihn da fallen lassen, wo es für ihn günstiger war und laut gerufen:

«Ich hab ihn!».

Als ich gefragt habe, welchen Ball er eben weggeschlagen hätte, sagte er, er habe im Gebüsch einen halb verfaulten alten Ball gesehen und den weggehauen."

Müller zuckte die Schultern.

„Wie sollte ich ihm nachweisen, dass er mich angelogen hat? Ein Golfer, der den Moosbauer noch vom Platz in Gundelsberg kennt, hatte mir ähnliches erzählt. Ich hatte ihm erstmal nicht geglaubt. Aber als der Moosbauer das hier auch so gemacht hat, habe ich mir lieber einen anderen Spielpartner gesucht."

„Ist es denn nicht gefährlich, den Ball einfach ins Niemandsland zu schlagen?", fragte Lisa.

„Eigentlich nicht. Bis zu Trettach sind es ein paar Meter, so dass man es kaum schafft, den Ball bis rüber auf die andere Seite zu schlagen, und im Gebüsch steht normalerweise keiner rum."

„Normalerweise", murmelte Lisa vor sich hin.

„Was haben Sie gesagt?", fragte Müller.

„Ach nichts. Ich habe nur laut gedacht", sagte Lisa.

„Könnten Sie mir eben einen Gefallen tun? Das dauert nur ein paar Minuten und üben können Sie dabei auch."

„Was haben Sie dann vor?", fragte Müller erstaunt.

„Ich will sehen, wo ein Ball hinfliegt, wenn man ihn absichtlich in die Büsche schlägt, wie Sie das eben von dem Moosbauer erzählt haben."

„Wenn ich Ihnen damit helfen kann, dann mach' ich das gern", sagte Müller.

Sie gingen zusammen auf die Bahn 7.

Auf dem Weg kamen sie am Büro vorbei. Lisa ließ sich von Maria einen Stift und ein paar Bälle geben und markierte sie.

Die Bahn war gerade frei. Lisa hatte sich die Stelle, wo man die Leiche gefunden hatte, gut gemerkt, und ging dort mit Müller ein paar Schritte vom Fairway aus in die Büsche, wo das Gestrüpp noch nicht so dicht war.

Sie legte drei Bälle auf den Boden und bat Müller, die Bälle von da aus mit Wucht in Richtung der Trettach zu schlagen.

Müller nahm ein Siebener Eisen und legte los. Der erste Ball traf einen Baum. Es knallte laut, ein dünner Ast brach, und der Ball flog zur Seite.

„Jetzt bringen Sie mich noch dazu, Umweltfrevel zu begehen", scherzte Müller.

Lisa ging zu der Stelle, wo der Ast gebrochen war und nach unten hing.

„Der Ast ist echt fast komplett durchgebrochen", sagte sie erstaunt.

Der Ball lag ein paar Meter weiter links auf der Erde. Lisa steckte ihn wieder in die Tasche.

Der zweite Ball fand eine Lücke durch das Geäst. Es sah aus, als habe er es bis zum Trettachufer geschafft.

„Danke, das reicht schon", sagte Lisa. „Vielen Dank für Ihre Infos und ihre Hilfe. Darf ich Sie noch einmal kontaktieren, wenn ich weitere Fragen habe?"

„Klar. Ich helfe immer gerne", sagte Müller und ging wieder zurück zur Driving-Range.

Lisa suchte den Boden rings um die Stelle ab, wo man die Leiche gefunden hatte. Dann fiel ihr ein, dass die Spuren verraten hatten, dass man die Leiche ein paar Meter zum Fundort hin über den Boden geschleift hatte. Sie ging zurück und sah etwa vier Meter weiter links einen Ball liegen, der noch ziemlich neu aussah.

'Gut, dass ich ein Plastiktütchen dabeihabe', dachte sie. Sie kramte es aus ihrer Hosentasche.

'Das hätte es auch getan', dachte sie, als sie in der Hosentasche auch eine fast leere Tüte mit Papiertaschentüchern fand. Sie steckte die Tücher wieder in die Hosentasche und stülpte die Tüte so über den Ball, dass sie ihn aufnehmen und einstecken konnte, ohne ihn anzufassen.

Dann ging Lisa über die Zufahrt am Südende des Golfplatzes zur Trettach. Auf der Westseite des Bachs reichte der Bewuchs bis an das Ufer; auf der anderen Seite waren Wiesen mit ein paar Sträuchern.

Lisa zog die Motorradstiefel und die Socken aus, krempelte die Hosenbeine hoch und ging am Ufer entlang. Sie schaute, ob sie den von ihr markieren Ball sah.

Zwei Jungen, die in der Wiese saßen, sahen sie.

„Können wir dir helfen?", rief einer der Beiden.

„Gerne", rief Lisa zurück. „Ich suche einen Golfball, der eben hier rüber geflogen ist."

Einer der Junge lachte.

„Du musst sicher noch viel üben. Aber wir helfen gerne. Wir suchen hier auch immer wieder mal nach Bällen. Die sammeln wir ein und verkaufen sie auf dem Flohmarkt. Das bringt uns ein bisschen Taschengeld extra. Eben kam ein Ball geflogen. Ich habe aber nicht gesehen, auf welcher Seite er runtergekommen ist. Er müsste irgendwo da drüben liegen", sagte er und zeigte flussabwärts.

Lisa nahm einen der ausgeliehenen Bälle. Sie hatte ein großes „L" darauf gemalt.

„Ich suche so einen Ball."

Einer der Jungen watete durch das Wasser auf die gegenüberliegende Seite und suchte das Ufer dort ab. Er fand auch einen Ball, der aber keine Markierung hatte. Währenddessen suchten Lisa und der andere Junge das Ostufer ab. Dort fand der Junge den Ball, den Müller herübergeschlagen hatte.

Kurz darauf hielt der Junge auf der anderen Seite einen Ball in die Höhe. Er kam wieder rüber und gab Lisa den Ball.

„Da steht 'WW' drauf", sagte er.

„Oder 'MM', sagte Lisa, die den Ball umgedreht hatte.

„Was bekommt ihr auf dem Flohmarkt für einen Ball?", fragte sie.

Die Jungen schauten sich an.

„Fünf Euro", sagte der, der Lisas Ball gefunden hatte.

Als Lisa ihn ungläubig ansah, meinte er kleinlaut:

„Ich hab' mich vertan. Wir kriegen 5 Euro für fünf Bälle."

Lisa schmunzelte, nahm einen Fünf-Euro-Schein aus ihrem Portemonnaie und gab ihn ihm.

„Das ist zwar eigentlich zu viel, aber dafür habt ihr mir ja auch beim Suchen geholfen."

Sie steckte den Ball mit dem 'MM' in die Tasche, zog ihre Socken und die Stiefel wieder an und ging zurück zum Clubbüro.

Maria war nicht da.

Lisa wartete ein paar Minuten.

Dann ging sie wieder nach draußen und sah, dass Maria mit einem der Clubfahrzeuge unterwegs gewesen war und gerade zurückkam.

„Ich dachte, du wärst immer im Büro", sagte sie.

„Falsch gedacht. Ich helfe auch auf dem Platz mit. Wenn wir für alle Kleinigkeiten Leute einstellen müssten, wären wir schnell pleite. Und es macht mir auch Spaß, mit unseren Clubcarts über den Platz zu fegen. Die gehen richtig ab! Du kannst gerne bei Gelegenheit eine Testfahrt machen. Hast du noch Fragen?"

„Ja. Am letzten Wochenende haben hier doch der Moosbauer und der Huber zusammen gespielt."

Maria bekreuzigte sich.

„Der arme Huber. Habt ihr schon raus, was mit ihm passiert ist?"

„Nein, deswegen habe ich eben mit dem Müller gesprochen. Ich wollte wissen, was der Moosbauer für ein Mensch ist."

„Traust du dem Moosbauer etwa einen Mord zu?"

„Das nicht. Aber es gibt ja auch Unfälle."

„Wie meinst du das?"

„Wenn ich mich nicht irre, dann ist der Moosbauer der letzte, der den Huber noch lebend gesehen hat. Und ich habe inzwischen Zweifel daran, dass er und der Huber zusammen weggefahren sind. Wie war das, als er sich am Samstag bei dir abgemeldet hat? Hast du da auch den Huber gesehen?"

„Nein. Es fing ja an zu regnen und der Moosbauer sagte, dass der Huber schon seine Sachen in den Schuppen bringen wollte, und sie sich auf dem Parkplatz treffen."

„O.K. Was anderes:

Die Spieler schreiben ihre Ergebnisse doch immer auf einen Karton. Oder habt ihr schon auf digital umgestellt?"

„Nein. Bei uns nehmen die meisten noch die altbewährten Scorekarten aus Pappe mit auf die Runde. Wenn sie besonders gut gespielt haben, dann zeigen sie sie mir auch gerne, und ich trage die Zahlen in unsere Ergebnisliste ein; für die Jahresstatistik und die interne Rangliste. Wir haben sogar ein paar Spieler, die die Karten mit nach Hause nehmen und abheften. Für Ihre Privatstatistik."

„Kann man denn beim Aufschreiben nicht fuschen?"

„Eigentlich ist eine der Hauptregeln beim Golf, dass man ehrlich mit sich und den anderen ist. Es ist auch so, dass die Spieler nicht ihre eigene Karte ausfüllen, sondern das geht immer reihum. Bei zwei Spielern füllt jeder die Karte für den anderen aus."

„Kannst du dich erinnern, wie es am Samstag bei dem Huber und dem Moosbauer war?"

„Der Moosbauer sagte, sie hätten sich wegen des aufziehenden Wetters beeilt und eine sehr schlechte Runde gespielt. Die Karten hat er direkt in den Papierkorb geworfen."

„Aha! Trennt ihr den Müll ordentlich?"

„Aber natürlich!", sagte Maria.

„Ist das Altpapier noch da?"

„Nein, tut mir leid. Die Papiertonne ist vorhin gelehrt worden. Wenn die Jungs nicht noch unterwegs sind, müsste unser Zeug inzwischen auf dem Wertstoffhof angekommen sein."

„Kann ich mir so eine Karte bei dir ausleihen?"

„Klaro", sagte Maria und gab Lisa eine leere Scorekarte.

„Die Bälle gebe ich dir später wieder", sagte Lisa noch. Sie bedankte sich, schwang sich auf das Motorrad und sauste so schnell wie möglich zum Wertstoffhof.

Dort fragte sie sofort nach dem Altpapier.

„Das liegt da auf dem Haufen", sagte der Mitarbeiter, den sie angesprochen hatte.

„Ich suche so eine Karte", sagte Lisa und zeigte ihm die Scorekarte.

Der Mann winkte den Kollegen zu, die eben mit dem Altpapier angekommen waren, und Pause machten. Sie kamen sofort rüber.

Lisa erklärte, dass sie ein Beweisstück suche, und zeigte ihnen die Karte.

„Ich suche zwei solche Karten vom Golfplatz", sagte sie.

„Es müssten die Namen Toni und Michael draufstehen."

Die Männer halfen fleißig und es dauerte nicht lange, da hielt einer von ihnen die zwei Karten in die Höhe.

„Das müssten sie sein", sagte er.

Lisa sah sich die Karten an.

„Alles klar", sagte sie, denn sie hatte eine wichtige Entdeckung gemacht.

Sie nahm einen Zehner aus ihrem Portemonnaie und gab ihn den Leuten.

„Für eure Hilfe. Trinkt ein Bier auf mich."

Fünfzehn Euro hatte sie der Einsatz jetzt schon gekostet! Sie glaubte zwar nicht, das Geld erstattet zu bekommen, aber das war es ihr wert.

Sie war kurz davor, den 'Golfplatzfall' aufzuklären!

Als sie wieder auf der Wache ankam, beäugte Walter sie.

„Hast du eine Altpapiertonne durchwühlt, oder wo sind die Papierschnipsel her?", fragte er.

Lisa war bis dahin nicht aufgefallen, dass unter dem Altpapier wohl auch Schnipsel aus einem Aktenvernichter gewesen waren und sie aussah, als käme sie von einer

Faschingsveranstaltung und hätte eine Ladung Lametta abbekommen.

„Fast richtig", sagte sie und hielt ihm triumphierend die Scorekarten vor die Nase.

Walter schaute.

„Toni und Michael."

Er sah sich die eingetragenen Zahlen an.

„Sie haben die Runde nach dem sechsten Loch abgebrochen", sagte er erstaunt.

„Richtig! Und an der nächsten Bahn hat man den Huber gefunden. Ein anderer Golfer sagte mir, dass der Moosbauer gerne mal einen Ball in Richtung Trettach geschlagen hat, wenn es nicht so fluppte."

„Und du meinst, dass er dabei den Huber aus Versehen so getroffen hat, dass der das nicht überlebt hat?"

„Richtig! Und ich habe noch etwas anderes", sagte sie und holte die Golfbälle aus der Tasche.

„Den in der Tüte habe ich im Gebüsch gefunden, ganz in der Nähe der Stelle, wo man den Huber gefunden hat. Der andere lag in der Trettach."

Sie erzählte Walter, was sie herausgefunden hatte.

„Den einen Ball sollten wir ins Labor schicken. Vielleicht sind Spuren dran, die man dem Huber zuordnen kann."

„Das wäre spitze! Dann hätten wir ein Beweisstück erster Klasse", sagte Walter.

„Mir fällt gerade noch etwas ein", sagte Lisa, nahm das Telefon, um in Kempten anzurufen.

Sie sprach mit dem Pathologen.

Nach dem Gespräch war sie sichtlich enttäuscht.

„Er sagt, dass man nicht mehr feststellen kann, ob der Huber einen Ball abbekommen hat oder mit einem anderen Gegenstand erschlagen wurde. Aber er sagte mir auch, dass der Huber noch im Kühlhaus liegt und sie eine DNA-Probe nehmen können. Ich habe ihn gebeten, das für uns zu tun."

„Und was machen wir jetzt?"

Lisa dachte nach, dann sagte sie: „Ich habe eine Idee: Wir fahren zum Moosbauer und ich erzähle ihm, dass der Huber wohl durch einen Treffer mit einem Golfball umgekommen ist. Dass die Pathologen das nicht mehr feststellen konnten, bleibt unter uns. Mal sehen, was er dazu sagt."

„Du weißt aber, dass ein Geständnis angefochten werden kann, wenn es durch falsche Behauptungen zustande gekommen ist, oder?"

„Ich stelle doch nur eine Vermutung auf. Wenn er darauf nicht reinfällt haben wir Pech gehabt. Wenn doch ..."

„...dann hast du den Pathologen missverstanden, würde ich sagen."

Lisa grinste.

„Mit dir kann man arbeiten", sagte sie.

15

Walter und Lisa hatten abgesprochen, dass sie das Gespräch mit Moosbauer führen und er der Zuhörer sein sollte.

Moosbauer war zuhause, als Lisa und Walter kamen. Er bat sie herein und sie setzten sich an der Tisch in der Essecke.

„Wir haben den Kerl geschnappt, der sie verprügelt hat", begann Lisa das Gespräch.

„Und, hat er den Mord schon gestanden?", fragte Moosbauer.

„Nein", sagte Lisa, „er war es nämlich nicht."

„Wer war es denn?"

„Sie!", sagte Lisa.

„Wie kommen Sie denn darauf?", fragte Moosbauer erstaunt.

„Weil Sie uns die ganze Zeit belogen haben. Aber das wird Ihnen jetzt nicht mehr gelingen. Wir haben nämlich ein paar Beweisstücke", sagte sie und hielt ihm die beiden Scorekarten vor die Nase.

„Sie haben gesagt, dass Sie sich mit ihrer Runde beeilt hätten, weil es anfing zu regnen."

Sie zeigte auf die Karten.

„Es sieht aber so aus, als hätten Sie die Runde gar nicht zu Ende gespielt! Das hatten Sie uns aber anders gesagt."

„Ich habe mich wohl ungenau ausgedrückt. Wir haben die Runde abgebrochen, weil es anfing zu blitzen und zu regnen. Da war es uns auf dem Platz zu unsicher."

„Der Maria haben Sie aber auch gesagt, dass Sie eine sehr schlechte Runde gespielt haben. Eine Runde heißt für mich, dass Sie alle neun Löcher gespielt haben. Verstehe ich das falsch?"

„Ich meinte die Runde bis dahin, wo wir abgebrochen haben."

'Der findet wohl immer eine passende Antwort', dachte Lisa.

Also packte sie ein weiteres Beweisstück aus.

„Schau'n Sie sich mal diesen Ball an", sagte sie und legte einen mit „MM" markierten Ball auf den Tisch.

„Den haben wir da gefunden, wo der Huber lag."

„Das heißt doch gar nichts. Meinen Sie, ich hätte am Samstag das erste Mal einen Ball verloren? Das ist mir auf dem Platz schon öfter passiert. Wenn ich ihn nicht in der erlaubten Zeit finde, spiele ich lieber einen Ersatzball."

„Mag ja alles sein. Aber was ist, wenn wir an diesem Ball Blut- oder Hautpartikel mit der DNA vom Huber finden?"

Moosbauer stutzte, dann schnappte er sich den Ball, sprang auf und rannte hinaus. Walter guckte Lisa ungläubig an, dann lief er ihm hinterher.

Moosbauer war zur Toilette gelaufen und hatte die Tür hinter sich verriegelt. Walter hörte ein Platschen und dass die Spülung betätigt wurde.

Moosbauer öffnete die Tür wieder.

Walter packte ihn am Kragen und schrie: „Was haben Sie mit dem Ball gemacht?"

„Ich habe ihn zur Kläranlage geschickt. Ich glaube nicht, dass Sie ihn wiederfinden und er noch als Beweismittel taugt."

„Sie können doch nicht einfach ein Beweisstück vernichten", schrie Walter entsetzt.

„Wenn's sein muss schon", sagte Moosbauer seelenruhig.

Walter schob ihn zurück zum Tisch und drückte ihn auf seinen Platz.

„Hast du mitbekommen, was der Kerl gemacht hat?", fragte er Lisa.

Lisa nickte.

Sie wirkte erstaunlich entspannt.

„Ihre Aktion nützt Ihnen leider nichts", sagte sie zu Moosbauer.

Dann wurde sie lauter.

„Glauben Sie, ich wäre so blöd, Ihnen ein echtes Beweisstück in die Finger zu geben? Der Ball, den Sie vernichtet haben, der lag an der Trettach. Der Ball von der Anlage ist im Labor zur Untersuchung."

Moosbauer sackte zusammen.

„Ich sage Ihnen, was ich glaube, was passiert ist", sagte Lisa mit fester Stimme.

„Sie haben ihren Ball schlecht getroffen, und er ist in den Büschen gelandet. Während Sie den Ball gesucht haben, ist der Huber weiter zu seinem Ball gegangen. Aber weil er weiß, dass Sie gerne fuschen, ist er leise durch die Büsche zurückgekommen, um Sie zu beobachten. Als Sie dann ihren Ball Richtung Trettach geschlagen haben, stand er auf einmal im Weg. Volltreffer, tot. War es so?"

„Ich konnte doch nicht ahnen, dass er auf einmal hinter dem Baum auftaucht", schrie Moosbauer. „Es war ein Unfall!"

Er stütze sich auf dem Tisch ab und senkte den Kopf.

Lisa ließ ihn eine Minute in Ruhe.

Dann sagte sie:

„Erzählen Sie mir bitte, was Sie danach gemacht haben. Aber die Wahrheit bitte."

Moosbauer sammelte sich.

Dann berichtete er:

„Ich habe überlegt, wie ich aus der Sache rauskomme. Also habe ich alles so gemacht, dass es aussah, als wären wir ganz normal nach Hause gefahren. Zuerst habe ich den Toni ein paar Meter weiter nach hinten gezogen, damit man ihn nicht direkt sieht. Sie haben vielleicht gesehen, dass es in den Büschen zuerst eben ist, aber dann zur Trettach hin steil wird. Ich habe ihn deshalb so weit nach hinten gezogen, dass er vom Fairway aus nicht mehr zu sehen war. Danach habe ich mein Bag mit den Schlägern in die Büsche gestellt und bin dahin gegangen, wo er seine Sachen stehen hatte. Mit denen bin ich zum Clubhaus gegangen, und habe uns abgemeldet. Danach habe ich Tonis Bag in den Schuppen gestellt, und bin nach Hause gefahren."

„Warum haben ihr eigenes Bag in die Büsche gestellt?"

„Es wäre doch aufgefallen, wenn ich mit zwei Bags über den Platz gelaufen wäre. Dann hätte doch jeder gefragt, wo der Toni ist. Das war aber nicht nötig. Es war eh keiner mehr da. Reicht Ihnen das?"

„Fast. Sie sind aber doch am Abend noch einmal zum Golfplatz gefahren, oder täusche ich mich?"

„Richtig. Ich bin später noch einmal rübergefahren, bis dahin, wo ich mein Bag hingestellt hatte, habe es eingeladen, und bin dann wieder nach Hause gefahren."

„Dabei haben sie aber Spuren auf dem Platz hinterlassen. Warum haben sie den Wagen nicht am Weg stehen lassen und sind zu Fuß gegangen? Ohne die Reifenspuren hätte man den Huber wahrscheinlich bis heute noch nicht gefunden."

„Wissen Sie, was das an dem Samstagabend für ein Sauwetter war? Ich wäre auf dem Weg wahrscheinlich ertrunken!"

„Sind Sie denn Nichtschwimmer?", fragte Walter spöttisch.

Lisa dachte kurz nach.

Dann sagte Sie:

„Ich glaube, Sie haben noch etwas vergessen. Der Huber hatte etwas dabei, das er dem Mann geben wollte, der Sie hier überfallen hat. Was war das?"

„Stimmt. Der Toni hatte eine Plastiktasche mit Teebeuteln in seinem Bag. Die habe ich gesehen, als ich den Schlüssel für den Schuppen gesucht habe. Ich selber habe ja keinen."

„Und wo ist diese Tasche jetzt?"

Moosbauer machte eine Geste in Richtung Garten.

„Ich habe sie in mein Gartenhaus gelegt."

Walter ging mit ihm in den Garten, um die Tasche zu holen.

Lisa hörte durch die offene Tür einen Schrei.

„Einer hat die Tasche geklaut!", rief Moosbauer laut.

Kurz darauf kam er mit Walter zurück.

„Mein Gartenhaus ist aufgebrochen worden und die Tasche ist weg", sagte Moosbauer zu Lisa.

Lisa schaute Walter an.

„Diesmal sagt er wohl die Wahrheit", sagte Walter. „Jemand hat das Schloss mit einem Brecheisen rausgebrochen."

„Wann waren Sie zuletzt im Garten oder an dem Häuschen?", fragte Lisa.

„Gestern Mittag", sagte Moosbauer.

„Ich habe einen Verdacht, wer das war", sagte Lisa.

„Haben Sie eine Überwachungskamera am Haus, oder wissen Sie, ob einer der Nachbarn eine hat?"

Moosbauer überlegte.

„Ich habe so etwas nicht. Aber warten Sie mal ... ich glaube, mein linker Nachbar, der Fritz, hat eine."

Er nahm das Telefon und rief den Nachbarn an

Es dauerte einen Moment, dann meldete sich Fritz.

„Hi Fritz!", sagte Moosbauer. „Du hast doch eine Überwachungskamera am Haus. Zeichnet die auch die Bilder auf, oder zeigt die nur Livebilder?"

…

„Prima. Können wir uns die Bilder mal ansehen kommen?"

…

„Ja, die Polizei ist bei mir und wir haben gemerkt, dass einer mein Gartenhaus aufgebrochen hat."

…

„Danke!"

Er legte auf.

„Wir könnten Glück haben", sagte er zu Lisa. „Fritz hat sowohl eine Kamera auf der Terrassenseite, als auch auf der Straßenseite. Die Bilder kann er live auf einem kleinen Monitor im Haus und auf seinem Smartphone sehen, und zusätzlich wird alle 10 Sekunden ein Standbild auf einer Festplatte gespeichert. Wir sollen rüberkommen, dann kann er uns die Bilder zeigen."

„Kommst du auch mit?", fragte Lisa Walter.

„Natürlich!"

Sie gingen zu dritt zu dem Nachbarn. Der hatte über sein Heimnetzwerk die Verbindung zwischen der Festplatte der Überwachungskamera und dem Fernseher aktiviert, so dass sie sich die Bilder auf dem großen Fernseher anschauen konnten.

Fritz war anscheinend ein Technik-Freak. Er hatte das System so eingestellt, dass man die Bilder von der Kamera vor dem Haus und die von der Kamera hinter dem Haus auf einem geteilten Bildschirm gleichzeitig sehen konnte. Und das sogar zeitlich synchron, wie man an der eingeblendeten Uhrzeit erkennen konnte.

„Lassen Sie die Bilder ruhig schnell laufen", sagte Lisa. „Ich vermute, dass der Dieb mit einem weißen Kombi gekommen ist. Wahrscheinlich war das kurz nach Einbruch der Dunkelheit. Der Wagen müsste auch bei schwachem Licht noch zu sehen sein."

Fritz machte es genau so, wie Lisa es haben wollte.

Als es dunkler wurde, hatten die Kameras automatisch auf Nachtlicht umgeschaltet, weil die Straßenbeleuchtung schwach war. Jetzt ähnelten die Bilder denen, die mit Nachtsichtgeräten oder Wildkameras aufgenommen werden.

Kurz vor Neun sahen sie auf einmal ein Auto, dass ein paar Häuser weiter anhielt. Ein großer, kräftiger Mann stieg aus und verschwand in dem Weg, durch den Flach geflüchtet war, als er Moosbauer überfallen hatte.

Kurz darauf tauchte er auf den Bildern von der Kamera hinterm Haus auf. Die Kamera war zwar auf den Garten des Nachbarn ausgerichtet, aber von den benachbarten Gärten war auch noch etwas zu sehen. So auch das Gartenhaus Mooshammers, das am Gartenende stand und deshalb noch im Bild war.

„Das ist so eigentlich nicht erlaubt", murmelte Walter.

Fritz ließ die Bilderschau jetzt langsam laufen. Der Einbrecher war nur auf wenigen Bildern zu sehen, d.h. er hatte sich nicht lange im Garten aufgehalten.

Sie sahen, dass er das Schloss aufgebrochen hatte, dann nicht zu sehen war, weil er wohl im Gartenhaus war, und noch einmal, als er den Garten mit einer Tasche in der Hand wieder verließ.

Danach war er noch von der Kamera auf der Straßenseite erfasst worden, dann verschwanden er und der Wagen wieder aus dem Bild.

Moosbauer hatte so etwas noch nie gesehen.

„Stark", sagte er nur.

Lisa bedankte sich bei Fritz, und sie gingen wieder zurück zu Moosbauers Haus.

Sie saßen wieder in der Essecke.

„Nehmen Sie mich jetzt mit?", fragte Moosbauer.

„Sie können hierbleiben", sagte Lisa. „Hier! Das heißt hier und hier in der Gegend, nirgendwo sonst. Wenn Sie versuchen, abzuhauen, gibt's richtig Stress. Verstanden?"

Moosbauer nickte.

Lisa und Walter fuhren zurück in Richtung Oberstdorf.

„War das korrekt so, oder hätten wir ihn mitnehmen müssen?", fragte Lisa unterwegs.

„Fluchtgefahr besteht nicht, glaube ich", sagte Walter, „das ist in Ordnung so."

„Auf den Bildern war zwar nicht sehr viel zu sehen", sagte Lisa, „aber ich bin mir sicher, dass es der Flach war, der sich die Tüten geholt hat."

„Wer sonst?", fragte Walter.

„Ich hätte dem Flach zwar einiges zugetraut, aber das nicht", sagte Lisa. „Kommt einfach nochmal beim Moosbauer vorbei und holt sich die Tüten. Dreist!"

„Er scheint einen guten Riecher gehabt zu haben, was den Ort angeht, wo Moosbauer die Tüten versteckt hat", sagte Walter. „Andererseits – genau da hätte ich sie an Moosbauers Stelle wahrscheinlich auch hingetan."

„Wahrscheinlich."

Sie fuhren zurück in Oberstdorf.

„Du hast doch die Liste mit Hubers Kunden ausgewertet", sagte Lisa.

„Das habe ich", sagte Walter. „Es sind ein paar Namen und Adressen aus Oberstdorf dabei, die, sagen wir mal, delikat sind. Der Chef hat angeordnet, dass wir die Liste erst einmal unter Verschluss halten. Er will mit den Leuten persönlich reden."

„Wie viele waren es denn?"

„Kaum zu glauben, aber es war eine mittlere zweistellige Zahl an Kunden aus Oberstdorf und Umgebung, aber auch noch etwa genauso viele, die Huber per Paket beliefert hat."

Lisa rechnete nach.

„Eine mittlere zweistellige Zahl aus Oberstdorf, sagst du? Also: Wenn 'mittel' in dem Fall bedeutet, dass es Richtung fünfzig ging, dann wäre das ungefähr ein halbes Prozent der Einwohner."

„So ist es. Wobei der Prozentsatz bei den jungen Leuten natürlich höher ist; aber es waren auch ein paar Leute in meinem Alter dabei. Der älteste Kunde ist eine Frau mit über 80 Jahren."

„WOW!"

Sie fuhren gerade durch Langenwang.

„Was hast du vor, wenn wir wieder auf der Wache sind?", fragte Walter.

„Ich will dem Chef erzählen, was wir erreicht haben und einen Bericht schreiben. Die Kollegen in Kempten müssen doch wissen, dass wir den 'Golfplatzfall' gelöst haben."

„Dass **du** den Fall gelöst hast. Meinst du, Tim ist geknickt, weil er es nicht selbst geschafft hat?"

„Das muss er verkraften können. Wenn nicht, dann ist er fehl am Platze. Ich denke, er wird noch genug Gelegenheiten haben, zu zeigen, was er draufhat."

16

Der Rest der Woche war ruhig.

Für Freitagabend hatte Fingerhut seine Truppe zu einer Feier in die Dampfbierbrauerei eingeladen.

Sie saßen im Biergarten in der letzten Ecke. Hier reichte ein Sprung über den Zaun, um auf dem Innenhof der Inspektion zu sein.

Bis auf die Kollegen, die Dienst hatten, waren alle da.

Gleich zu Beginn hatte Fingerhut eine gute Nachricht für seine Leute.

„Wir müssen jetzt nicht mehr sofort in Kempten anrufen, wenn etwas passiert ist, das nach Kriminalfall aussieht", sagte er. „Das habt ihr Lisa zu verdanken."

Lisa war zwar stolz auf das, was sie erreicht hatte, aber sie blieb bescheiden.

„Ich habe doch nur meine Arbeit gemacht - und ich hatte auch Glück dabei", sagte sie.

„Ich bin mal gespannt, was für eine Strafe den Moosbauer erwartet", sagte Walter.

„Fahrlässige oder grob fahrlässige Körperverletzung mit Todesfolge, und danach das Verwirrspielchen - wenn er einen guten Anwalt und Glück hat, dann kommt er mit einer Bewährungsstrafe oder einer Geldstrafe davon", sagte Fingerhut. „Aber das Golfspielen kann er wohl sein Leben lang vergessen. Der Brüll vom GC hat mir gesagt, dass sie ihn hier nie mehr auf den Platz lassen und der Verband ihm sicher eine lebenslange Platzsperre verpassen wird. Die gilt dann nicht nur hier in Deutschland, sondern auch in Österreich."

„Es kommt aber auch noch Diebstahl dazu. Schließlich hat er dem Huber die Tüten gemopst."

„Kleinigkeit", sagte Fingerhut.

„Ich bin gespannt zu hören, wo sich der Flach jetzt versteckt", sagte Walter. „Aber dadrum sollen sich mal die Kollegen aus Fischen oder die Kripo in Kempten kümmern."

„Das haben sie schon", sagte Fingerhut. „Die Kollegen in Fischen haben bei ihm zuhause nachgesehen. Da war er natürlich nicht. Sein Wohnungsnachbar sagte, dass der Flach ein altes Wohnmobil hat. Das steht nicht mehr da, wo er es sonst parkt. Wahrscheinlich ist er damit unterwegs. Soll uns auch egal sein."

Danach plauderten sie über dieses und jenes.

Inzwischen war es kurz vor Sieben.

„Weißt du eigentlich, dass du richtig Glück hast?", fragte Fingerhut Lisa.

„Wieso?"

„Normalerweise müsstest du als Dienstjüngste jetzt auf der Wache sitzen und Stellung halten. Das macht heute aber der Bruno. Es wäre ja deppert, wenn du nicht hier dabei wärst."

Er schaute auf die Uhr.

„Jetzt müsste er bald kommen", sagte er.

„Wer denn?", frage Walter.

„Der da", sagte Fingerhut, der gesehen hatte, dass ein Mann auf ihren Tisch zusteuerte.

Walter drehte sich um.

„Wer kommt denn da?", fragte er erstaunt.

Jetzt schauten alle Richtung Bahnhofstraße.

Fingerhuts Vorgänger Josef Hammer kam und gesellte sich zu ihnen.

Walter begrüßte ihn mit der aus seiner Sicht wichtigsten Neuigkeit:

„Wir haben unsere Quote jetzt von 50 auf 66,6% gesteigert", sagte er stolz.

Er legte Lisa den Unterarm väterlich auf die Schulter.

„Ihretwegen! Sie hat den 'Golfplatzfall' fast alleine gelöst."

„Ich habe es schon vernommen", sagte Hammer. „Das hat sie wirklich gut gemacht. Jetzt müsst ihr aufpassen, dass euch die Kripo in Kempten sie nicht wegschnappt. Was anderes: Ich habe auch eine gute Nachricht für euch: Die Quote wird auf 100% springen."

„Wie das denn?", fragte Fingerhut erstaunt.

Hammer legte einen Umschlag auf den Tisch.

„Hiermit", sagte er. „Ich war vorgestern bei der Beerdigung von meinem alten Freund, dem Ferdi Schmitter."

Walter flüsterte Lisa ins Ohr:

„Der Vater von der Martha Bauer. Schießstandmord."

Lisa nickte.

Hammer schob den Umschlag zu seinem Nachfolger rüber und sagte:

„Am besten liest du vor."

Fingerhut öffnete den Umschlag. Er nahm einen Brief heraus und las vor:

„Lieber Sepp, es tut mir leid, dass ich dir den Abschied versaut habe, aber es ging nicht anders. Ich musste eingreifen, als mein Schwiegersohn das Leben meiner Tochter zerstören wollte. Ich war es, der ihn erschossen hat. Ich wusste, dass ich nur noch ein

195

paar Monate zu leben hatte, und die wollte ich nicht im Gefängnis verbringen. Deshalb habe ich meine Frau gebeten, dir den Brief erst nach der Beerdigung zu geben. Sei mir nicht böse.

Ferdi."

Die Kollegen waren betroffen und sprachlos.

Als sie die Nachricht verdaut hatten, sagte Fingerhut:

„Das hätte ich nie gedacht. Der Ferdi hat seinen eigenen Schwiegersohn umgebracht!"

„So, wie der sich seiner Tochter gegenüber verhalten hat, kann ich das nachvollziehen. Aber amerikanische Verhältnisse brauchen wir hier trotzdem nicht", sagte Hammer.

Dann sagte Lisa:

„Wisst ihr, was wirklich total verrückt an dem Golfplatz-Fall ist?"

„Erzähl!", sagte Fingerhut.

„Schon letzte Woche am Dienstag hat Walter dem Tim gesagt, dass der Fall eigentlich klar ist, und der Moos-bauer der Täter sein muss."

Sie wandte sich an Walter.

„Erinnerst du dich, was du gesagt hast?"

Walter dachte nicht lange nach.

„Tim hatte gesagt, dass der Moosbauer den Huber zu-letzt lebend gesehen hat. Da habe ich ihm erklärt, dass es dann nur der Moosbauer gewesen sein kann. Reine Logik! Sonst hätte ihn jemand anders zuletzt lebend ge-sehen, nämlich der, der ihn erschlagen hat. Aber das hatte ich nur gesagt, um Tim zu foppen!"

Alle lachten.

„Und am Ende kommt heraus, dass er es wirklich war. Verrückt!"

Hammer wollte noch ein paar Einzelheiten zu dem 'Golfplatzfall' wissen.

„Wie kam es denn, dass der Kommissar aus Kempten nicht auf die richtige Spur gekommen ist?"

„Das lag daran, dass die Indizien, die wir gesammelt haben, alle nahegelegt haben, dass die Tat nicht auf dem Golfplatz passiert ist", sagte Lisa.

„Es fing gleich damit an, dass die Leute vom Golfclub davon überzeugt waren, dass es kein Unfall durch einen fliegenden Ball gewesen sein konnte. Dazu kam die glaubwürdige Aussage vom Moosbauer, dass er den Huber wie immer an der Stillachstraße abgesetzt hat. Dann die Reifenspuren auf dem Platz, die bis dahin gingen, wo man die Leiche gefunden hat, und die alte Frau, die gesehen hat, dass am Abend ein Auto auf die Anlage gefahren ist. Daraus konnte man eigentlich nur den Schluss ziehen, dass die Tat anderswo passiert ist, und man die Leiche später auf den Platz gebracht hat."

„Aber wieso bist du dann auf die Idee gekommen, dass es doch ganz anders war?", fragte Hammer nach.

„Das ist eine verrückte Geschichte", sagte Lisa.

„Ich war mir sicher, dass Tim und ich etwas übersehen hatten, was der Schlüssel für die Lösung des Falls war. Alles, was wir während der Ermittlungen zusammengetragen haben, führte zu nichts. Also war ich mir sicher, dass vorher etwas gewesen sein muss. Aber was? Das hat mich nicht losgelassen.

Dann habe ich geträumt, dass ich auf dem Platz war, da, wo wir die Leiche gefunden haben. Plötzlich kam ein Ball geflogen und verfehlte mich nur knapp. Ich vermute, dass mein Hirn sich da eine Szene zusammengebastelt hat. Der Brüll vom Golfclub hatte uns erzählt, dass ein Ball sehr weit fliegen kann, und man aufpassen muss, dass man nicht getroffen wird, wenn einer 'Fore' ruft. Den Warnruf hatte ich aber nicht gehört. Ich habe mich dann umgedreht und sah den Moosbauer mit seinem Schläger im Gebüsch stehen. Fragt mich nicht warum das so war. Es war halt ein Traum."

„Weibliche Intuition, nennt man das, glaube ich", sagte Hammer und schmunzelte.

„Da kam mir die Idee, dass der Moosbauer den Huber umgebracht hat, auch wenn keine Absicht war. Nach einem Ball als Tatwaffe hatte keiner von der Kripo gesucht. Den habe ich dann gefunden. Damit war die Sache eigentlich klar."

„Aber wie Lisa dann den Moosbauer dazu gebracht hat, ein Geständnis abzulegen, das war auch echt gut", sagte Walter.

Danach war wieder Smalltalk angesagt.

Es war schon nach Neun, als Lisa aufstand.

„Ich muss euch jetzt leider verlassen", sagte sie.

„Mein Zug fährt gleich."

„Wo geht's denn hin?", fragte Paul, einer der Kollegen.

„Ich habe eine Verabredung", sagte Lisa. „Privat!"

„Bis Montag", sagte sie noch fröhlich hinterher und ging mit schnellen Schritten in Richtung Bahnhof.

„Soso, die kleine Lisa hat eine Verabredung", sagte Paul und fragte Walter:

„Weißt du mit wem?"

Walter schüttelte den Kopf.

Kurz darauf brummte sein Smartphone. Er hatte es auf lautlos gestellt und dafür das Vibrieren aktiviert. Das tat er immer, wenn er ins Kino, zu einem Konzert oder einer anderen Veranstaltung ging, wo das Klingeln störend war.

Er nahm es in die Hand.

Eine WhatsApp-Nachricht war gekommen.

Von Laura!

Mit einem Bild.

Er schaute in Richtung Bahnhof.

Da saßen Laura und Hanni. Sie schauten zu ihm rüber und winkten ihm zu. Die Beiden waren wohl erst nach Hammer gekommen, ohne dass es jemand von ihnen bemerkt hatte. Und sie hatten wohl gelauscht!

Walter hielt das Smartphone halb unter den Tisch, damit keiner der Kollegen die Nachricht sehen konnte.

Laura hatte geschrieben:

„Mit wem wohl?", hatte ein Bild von einem älteren und einem jüngeren Pärchen auf einer Kutsche angehängt und einen grinsenden Smiley angefügt.

Walter steckte das Smartphone wieder in die Hosentasche.

'Woher hat Laura meine Nummer?', fragte er sich.

Dann war es ihm klar:

Laura war eine Freundin von Hanni, Hanni die Freundin von Paul, und Paul sein Kollege! Er nahm sich vor, bei Gelegenheit mit Paul über das Thema Datensicherheit zu sprechen.

„Ich kann mir denken mit wem, aber wenn sie privat sagt, dann ist es auch privat", sagte Walter.

„Sie wird es uns sicher bei Gelegenheit sagen."
Paul bohrte nach:
„Du weißt es wirklich nicht?"
„Und wenn ich's wüsste – Dienst ist Dienst, Schnaps ist Schnaps und privat ist privat und bleibt privat. Klar?"
Paul gab sich geschlagen.
„Ist ja gut!"

Ende